JN166245

愛〃の道に咲くタンポポ

ゆれきり薫

文芸社

目次

初めまして

「お母さん、行ってくるからね！」

私は慌ただしく、家を飛び出した。

私、羽山香里、風薫る二十七歳。健康は良好、仕事は並。そして、愛について悩むお年頃。

こんな私ですが、少し「私の成り立ち」を紹介させてもらいますね。

私は、癖のある両親に育てられました。

といっても、二人の仲はとても良く、どこに行くにも二人一緒。

二人の関係性としては、男性が偉いようなので、男性が気持ちよくなるように、日々父を立て、そして母は程よく三歩さがって接するといった感じ。

いわゆる献身的な妻に育てられました。

家族は五人。両親と兄と姉と私。良くも悪くも、「家族が中心にあってこそ」のような家族だった。

父は亭主関白ではあったが、家族の向かう方向性は、母の意向、母の思いから成り立たせていた。

だからといって、母が決して強引だったから、そのような形になったわけではない。父が特に、個々に対し、「こうしたい」「ああしてあげたい」がなかったから。

もちろん父は仕事という側面から尽力をし、家族を支え、父なりの優しさをくれたのは言うまでもないが、その点を母は、穴を埋めるべく私たち子供に、物事の考え方、生き方、人との接し方や世の中の成り立ち等々を教え、様々な角度から私という人間を形成するべく、尽力してくれた。

果たして、母の思い描く通りの子になったのか？　は別として……。

もちろん、私という人間は、母だけの影響だけで、出来上がった訳ではない。先生、友達、兄弟、様々な出来事、ニュース、テレビ……数え切れぬ事を見聞きし形成された。

そこには、私の産まれ持っている性格も影響し、更に見えづらいが、星や運命や宿命や、天の意向や、色々な事が合算してきて、今の私がいるわけだ。

私の性格は？　というと、素直で、活発で明るい。「素直が一番！」そう親に教えられて、育ったので。

悪い面といえば、頑固で少し計算高い所もあることかな。

まだまだあるけど、これが基本の性格。

あー、とにかく、いろーんなことがあって、いろんなタイプの私がいて今の羽山香里となっています!!

そして、そんな私もついに二十七歳になった！

今は、中小企業の某会社員。

自己紹介はこれくらいで。

こんな私だけれど、今悩んでいて……。

人生について、少し分かってきて、道に悩む時期でもあり、これからどうしていこうかと……。

何について悩むのか。

それはやっぱり、人生の一大イベント、「結婚！」についてでしょう。

小学校の時には遥か遠くに感じていた、それ。

空想もいっぱいして、「私の将来の王子様は今、何処で何をしているのだろう」と、答えのない答えにワクワクしていた事もあった。楽しかったな、あの頃は。

そして、中学・高校時代へと時は流れ、夢の様な部分だけではなく、経済やより現実を想像し、結婚って重いものかもと、blueになったりもした。

そして、まだまだ遠い未来の出来事に、余裕を持ちつつ、幻想や価値観などを広げていった。

私の描く理想の結婚は、第一に明るい家庭。

会話が程よくあって、仕事が終わったら、会いたくて帰ってくる……とまではいかなくても、お互い会うことで、落ち着き、信頼し合える関係。

第二は、せっかくこんなに平和ないい時代に産まれたのだから、「温かい家庭を築きたい」と願うこと。

その人の持っている本質を超え、自分の事ばかりではなくて、相手に対し、思いやりとか、気づかいとか、優しさを与えられる関係。

もし、戦時中ならば、「そうしたい」と願っても、そうできなかった。その分、今、できる時代に感謝して、「戦時中を生きた人たちの願いと思いも含め、目指していきたい」。

第三は経済的なこと。

だけど、「すごくお金！」よりも「すごく愛！」派。かっこよく言うと。

だけど「愛があっても、お金がない」では成り立たないから、やっぱり、どちらもバランスかな。

その三大柱を満たしてくれれば、「結婚」へ突き進めそうだし、幸せになれる気がする。幸せになる為に結婚したいし、そうでなければ結婚に疑問を持ってしまう。

でも、意外とこの理想の人を見つけるのは、難しい話なのかもしれない。

まず、好きになってからの話だし、その時点で「数」自体は減る。

でも、これだけ人間がいれば、見つかるとは思うけど……。

男は男で、また全然違う観点の理想像を描いているから、うまく「バチ！」といくかは定かではない。

それに、素敵な人がいても、すでに誰かに「Rock!」されていれば、再度旅に出ないといけないし。

色々考えると頭が煮えそうだが、人生「運命の出逢い」という剣《つるぎ》があるので、理想像なんてなくても、愛する因子に出逢えるのかもしれない。

「剣」と「剣」同士がこう、「バチ！」とね……。

私には訪れるのかな、そんな日が、その時が。

不安と希望でいっぱいである。

こんな感じで、幾多の日常を過ごし、気づけば、すごく遠くに感じていた結婚が適齢期に入り、心の鈴が「シャンシャン」と鳴れば、「OK!」という時期に突入した。

「先の事」そう思っていた未来が、現実に変わっていく……。「結婚の入り口前付近」まではやってきた様だ。そう、年齢だけが……。

だが、入り口は「近いようで遠く」なのか、未だ「現実の扉」には触れてはいない。

もっと率直に言うと「運命の人」には出逢っていない……。と言うことです。ハイ……。

そう。それが、結婚を掲げる前の私の悩み。

なかなか出逢わないから、その先の人生にも悩む。

人生の選択にも、自分の中で、どう身を振るのか、岐路に立っているといったところ。

仕事に邁進？　やりたい事に邁進？

このままでいいの？　私……。運命をもっと摑《つか》みとりにいかないといけないの？待っててもくるの？　待ってて駄目なら、どう動けばいい？　でも、どこにいるのか分からない……。

そう、私の中で、「いつか必ず来る」と信じているこの気持ちが、最近少し揺れている。

母は、「『運命の出逢い』なんて、来る時は来るから、今、やるべき事や、やりたい事を一生懸命やりなさい。徳積みを、いっぱいしとくだよ。くさらず、いくしかない、後ろはないんだから」とアドバイスをくれる。

そう言われ、言われた様にはやってきたけれど、まだ、その結果が来ない。

未来が見えない事の不安からくるのかな。不安に思ってもしょうがないし、「信じておく」のが一番の力にはなるとは思ってるんだけど。

だって、信じる事は希望だから。

なーんて言いつつ、そこまでは理解しているつもりなのに、頭と心は別々で、稼働しているんだろう。きっと。

やりたい事に関しては、数年前から少し、失いかけていた。

夢を抱いて、進んだものの、現状に打ち勝てず、今では「飛べない鳥に」なり、その夢を、心のboxにしまい、更に「もうあきらめ！」という扉に閉じこめ、その上で鍵までもかけてしまおうか……という状態にまでなっていた。

夢が「淡い夢」となり、そのままどこかに消え去りそうなくらい。

夢が現実ではなく、夢が夢になり果ててしまったのだ。

何故、飛べない鳥になったのか。もう一度飛べばいいのに。

自分に問いかける。

だが、私の心は、その答えを知っていた。

それは私の羽を、年齢が、引っぱるのだ。

そして、もう一度羽ばたくには、心も弱っていた。恋にも夢にも生活にも破れ、信じる力も弱くなった上、邪心も混じり、自信もなくなっていった。

関連して、前に進むpowerも弱まり、一から、再度、積み重ねる道にも根気を感じ、二の足を踏んだ。

所詮、その程度の思いだったと言われれば、そうだったのかもしれない。

本当にそこまでの情熱を持って、挑んでいたのか、今となっては自分にも疑問が残る。

ただ、自分で生活をしながらの、夢を追う事の難しさを知ったのは、間違いない。

そして、先程も出たが、最も私を引っぱったのは年齢だ。

夢は一つだけではなく、別の夢も望んでいた。

私は女に産まれたので、結婚して、子供を産みたかった。そういう中で、二十七歳になり、二つの道を追う事はもう難しかったのだ。

こうして飛べない鳥になっていった。

私は、現実と夢のはざまで「この道へ行こう」という光が欲しかった。

だけど、自分の心からも「何か」が見い出せず、お金と日常に追われ、方向性も定まらぬまま、日々漂っていた。

そんな中、ある時、一つに絞ろうにも、「全部こなさないといけない」と思い、今の仕事、やりたい事、結婚相手探し、それらを「全部やろう」と決め、全てに前向きに考えるように心がけた。

だって、「悩んでたって、仕方ない！」と、再度気づいたからだ。

そして、出会いは、そんな矢先の出来事だった。

運命の出会い

今の私の仕事は、ある中小企業の情報処理。

数年前、上京していた私は、すごく好きだった人に失恋をして、精神と体調を崩し、地元に帰ってしばし療養をしていた。

少し昔を回想するが、心は悲しみに満ち、深い海底を歩いてるような日々だった。「愛の終わり」はここまで人を廃人にするのか、と二十一歳にして初めて知ったのだった。

親は、抜け殻の様なうつろな私に気をもみ、幾度となく心配した程だった。

私はもっぱら、あの人がいた世界が好きで、それを基準に回っていたが、別れを告げられた時点で、その世界は終わり、もう戻れない過去の夢の世界へと急激に姿を変えているのに気づいていなかったのだ。

過去の世界は心地よいのに「砂の城」で決して触れない。

だが、人の想いはそのスピードについていけず、夢と新しい現実のはざまで、もがき苦しむ。

本来、自分の心も同様にスピードを上げながら、執着を捨て、見切りをつけ、加速し、彼を忘れて次の世界へとついていかないといけなかったのに、ぼんやりしていた。

その事に一年という時を費やして、やっと気づき、階段をのぼりながら、社会復帰を果たしていった。

その後私は、流れの中で、二回転職し、日々様々な事が起こり、自分にとって、いいか悪いか、納得いくかいかないか等は別として、あらゆる選択を繰り返しながら、できることをできる現状の中から、色々な基準で選択し、生きてきたのだ。

その行きついた先が、今の現実である。

今の現実。

そうそう、今日も私は朝から眠い身体を起こし、さっそうと身支度をして会社に出勤しているのである。

時は冬、日々慣れた光景に、一日の仕事の流れ。

今日も、大きな変化はなさそうだ。

おっとおっと。それどころではない。仕事、仕事。

その時、奥の方から上司が私を呼んだ。

「羽山さん、ちょっといいかな」

「あ、はい、行きまーす」

「ちょっと悪いんだけど、私のお得意さんが来てるから、お茶入れてきてもらえる？」

「あと、この書類コピーして二部持ってきてくれ」と頼まれた。

「わかりました」そう言って、私はそれらを用意した。

そして、奥の応接室へと運んだ。

そこには、バリッと紺色のスーツできめた、髪はやや茶色いが、真面目そうな青年が座っていた。

私は何となく年齢も近そうだったので少し意識してしまったせいか、気恥ずかしく感じた。

そして少し緊張しながらも、お茶を出し、上司に書類を渡した。戻り際にちらっと彼の方を見ると、「ありがとう」と言ってにこっと微笑まれた。

私もニコッと笑って返した。

単なるフツーのやりとりだったが、久々の青年だった事と、自分の「何故か緊張」のせいで、少し自分に笑えた。

プラス、ワクワクとまではいかないが、そのシーンが何度か頭の中をグルンと回想したのだった。

しばらくたって、そのワクワクも忘れ、仕事に集中していると、先ほどの上司が、その青年を連れて、こちらにやってきた。

「何？」と思っていると、「羽山さん、この書類打ち出しして、こちらの遥川さんに渡してくれる?」と頼んできた。上司は何かを取りに行ったのか、その場を離れた。

私は「分かりました」と言いながらも、後ろに立っていられる事に、少しドキドキした。

(うわー、何故かテンパるー💧)内心、そう思いながらも、平静を装った。

無事処理が終わり、書類を渡すと、

「パソコン上手ですね」

と言ってきた。私は「そうですか、ありがとうございます」と言って笑い、彼もにっこり笑った。

その時だった。その笑顔は、ただ笑っただけだったのに、そのにっこりの笑顔が、私の心を大きく叩いたのだ。

なんだろう。あの素敵な笑顔は……。

あんな風に、優しそうに、くしゃんと笑う人を見たことがない。

彼が、好みだったのか?

少しきれ長のcoolそうな瞳。

バランスのとれた高い鼻と、仏の様な柔らかい弧を描く優しい眉毛、どこにでもいそうな顔立ちではあるが、どうなのか。

身長は百七十二センチぐらいの中肉中背《ちゅうにくちゅうぜい》。やはりいたって普通に思えるが、ただ、私の「好きな笑顔」だったのは、間違いない。

同時に、自分の心の中に、（まだ話したいな）っていう気持ちがフっと芽ばえた。

私の頭は、カチカチっと動いた。

（帰っちゃう。何か、話しかけないと……）

私は、少しでも彼を知る為に、話を振った。

「杉山課長は、どちらに行かれました？　別室でお待ちしますか？」

「書類貰ったら、待っててくれとのことだから、すぐに用意して来るんじゃないかな」

「そうなんですね。時々、会社に来るんですか？」と何気なく聞いてみた。

そこから彼は、めったに来ない事、どうして今日は来たのかなどを教えてくれた。

会話をしたことで、少し話がしやすくなったので、

「もうじきお昼ですね。今日は杉山課長と食事するんですか？」と、少しくだけた話へと持っていった。

今は何が食べたいとか、今日はその後どうするのか、等。

会話ってすごい。少しの話題から、話が広がり、初めにお互いにあった壁が薄れていき、緊張も同時に解かれ、代わりに「和み」が現れてくる。

そんな時、杉山課長が戻ってきた。

「お待たせ。遥川さん、じゃあ、行きましょうか」

（あ～来ちゃった。もう少し話ししたかったのにな。せめて、電話交換とかできればよかったけど、今の話の流れだけでは当然無理だよなぁ、んー、残念）私の内心だった。

その時、また上司がポケットを触りながら言った。

「申し訳ない、ちょっと、もうちょっと、待っててくれるかな」と……。

（忘れ物？　ってことは、また話せる？　これはチャンス？　チャンスなら生かさないといけない？）

私の頭は、天使の前髪を摑むかのごとく、カチカチと働いた。

「課長、また、行っちゃいましたね」

「はい、でも、待ってるんで、大丈夫です」

私は更に話しかけた。

「遥川さんっていうんですか」

「あっ、はい」

「遥川さんて、何か優しそうですね」私は彼の雰囲気に触れてみた。

「そうですか？　お姉さんの方が優しそうです」

「ほんとですか？」

（私はそんなふうに映ってるのか。フフ。嬉しい。よし、もう一押し、何とか電話交換するぞ！）

そこから三分ぐらい話し、そして、ついに、言った。

「優しそうなんて言ってくれるし、なんか和むんでまた話したいですね」と……。

私はサラサラっと電話番号を紙に書いた。

冗談半分に見せて、

「よかったら、かけて下さい」と言って、一気に電話番号を渡した。

相手がどう思ったのか私は知らない。せっかく来たチャンスを、私は私に与えられた時間で、何とか目的を達成する為に、なるべく、変ではないような形で、頭を回し、やれるとこまでやった。

ともかく、一歩前進。

「あっ、番号ですか。ありがとうございます。また、かけます」

そう言って、びっくりしながらも、にこっと笑いながら、私の番号を受け取った。

（わー。恥ずかしい。どう思ったかな……。ハー）

内心、そう思いながらも、平静を装った。

naturalに見えるようにと、軽い雰囲気を出す為に……。

（私のドキドキ、伝わってないよね……。あー、間が悪くなるから杉山課長、頼む、早く来て！……）

ちょうどその時、コロンとした杉山課長の姿が奥の方から見えた。

「お待たせしました。すみません。じゃあ、行きましょうか」

「ハイ。では失礼します」彼は会釈をした。

彼は上司と共に去って行った。

スーツを着こなし、背筋がシャンと伸びた彼の後ろ姿が、また印象的だった。

「ハー。帰ったーー」

冷静になってみると、自分の行動にびっくりした。

頭がグルっと回ったとはいえ、仕事中に、しかも、あの少しの時間で電話番号を渡すとは……。

しかも、何で私、そもそも番号渡そうなんて思ったんだろう。

自分の心の動きを回想した。

そうだ、そう。あの一瞬の素敵な笑顔、それからだ。

それにしても私、頑張ったな。久々。

恥を忍び、人目もあるのにさ。見てたよねー。きっと。ワっ。考えたくもない。

彼は、どう思ったかな。渡されて内心困ったかもしんないし、かかってこないかもしれないな。

色々な事を考えつつも、まあ、どうなるでなくても、頑張れた自分を、ただただ褒めてあげた。

（やっぱ、恋は積極的にいかなきゃね！　女だからって待ってたら、始まんないし。とにかく、振りは大事！）そう思うようにした。

それから一週間、心の片隅で彼からの電話を希望して待ったが、電話はかかってこなかった。

また話したいなと思ったが、特に、為《な》す術《すべ》もなく、ただ、それだけだった。

それから十日後。忘れかけた頃に突然、知らない番号から電話がかかってきた。

「もしもし、この前、電話番号を貰った遥川だけど、分かるかな？」

「あっ!!　はい、こ、こんにちは……。何か、かかってくると思ってなかったからびっくりしちゃって」

「本当？　って、もちろんかけるよ。でも、僕も出ないかもって思ったけど、かけてみた。僕の電話、大丈夫？　迷惑じゃない？」

「迷惑だなんて、そんな……。全然嬉しいというか……」

「なら、よかった。今、何してたんですか」

「えっと、今は、手帳を見ながら、スケジュール確認してたとこかな。あなたは？」

「俺は色々あって、色んな事考えてたら、何か、あなたに電話したくなって、電話しちゃったとこだよ」

と言って、照れている感じだった。

不思議だ。電話の奥でも、どんな感じか見えるなんて。

いやいや。自分の想像と感情がリンクしてるだけで、実際の向こう側の人の本心は、果てしなく、分からない。

よく、解釈するのはよそう。慎重に……。

「考え事って、何かあったの？　あんまり話したくないこと？」

「うーん。まあ、そうだね。今は、話さなくていい話かな。でも、今、羽山さんと話したら、元気になってるから、大丈夫だよ」

私は、あんまり聞かれたくない話なのかなと思い、深追いはしなかった。

その代わりに、彼の気持ちが上がる為に、

「元気になったのは、私に初めての電話で緊張したからじゃないの？」

と言って彼の心をくすぐった。

彼は、「フフフっ……」と笑って、「緊張したよ」と答えた。

そして、彼は切り返し、「あなたは、ドキッとしたでしょ」と言ってきた。

おっと。そうくるか。

ドキッとしたでしょ、と聞くということは、ドキっとするだろう事が想定内だったのかな。

しかも、断定で聞いてきたし、と思ったが、流しながら話を切り替えた。

「あの時、もう少し話したかったけど、今、急に電話がくると、何話していいか分からないんだけど、元気出す為に、時間あった時、またご飯でも行きましょうね」と言った。

そしたら彼は、「いつでも大丈夫だよ。いつが大丈夫なの？」と、すかさず聞いてきた。

あっ、やだ、ちょっと、めっちゃ早い展開。「またね」「そうですね」くらいの返答と思ってたし、そんな早々に、「いつ？」なんて聞かれるとは、話を振っておきながら、思わなかったので、realに焦った。

えっと、最短では、えっと……。二十二日後かー。遠ーーい。

でも、仕方なく、私は遠いその日付けを伝えた。

「いいよ、大丈夫。だけど、会えるまでの間、電話してもいいかなぁ」と彼。

（わー、会えるまでの間って、何か恋人でもないのに、恋人気分じゃん。しかも、やっぱ会いたそうじゃん）って、やだ私。ワクワクして、ニヤニヤして、まるで、恋する乙女になってるー。

「何か、嬉しい」そう感じた時点で、恋の始まり？

一時間近く話した末、私たちは電話を切った。

あの時のちょっとした出逢いと、タイミングと、自分の勇気から、一気にこのような流れに展開したが、これは偶然か？　運命か？　流れの中に運命が、潜んでいたのか？

いや、まずは、言葉の定義からでしょう。

偶然は、たまたま。運命は、そうなっていく定め。

となると、どういう事だ？　偶然のように見えて、それは定められた運命の始まりだったのか？　電話するまでに至る運命だったのか？

いや、複雑になってきた。

いや、まだ、待て待てだ。

運命とかどうのより、ただ流れで、電話がかかってきただけの事だ。

別に運命とかいう、大《だい》それた話ではない。

その後、私の携帯に、ちょくちょく遥川からの電話が鳴った。

内容はさておき、その声は、男の人の中でもとても低く、甘～い感じの、重低音で、それでいて、とても男らしく、心地よく、声だけでも一生聞いていたいと思える程だった。

そして、会えない間の電話のおかげで、二人の間の壁の様なものは、ずいぶんと、薄くなり、そして、互いの色の違う壁が、真ん中で融合し、交じりながら色を変えた。

その壁の真ん中辺りは、ほんわり温かく優しい。相手を知れた、相手に知ってもらった。その喜びと満足からだろう。会った回数こそ一回だが、親近感が増していった。

そして約三週間、色々な会話をしたのち、ついに、約束の日がやってきた。

仕事が終わり、帰ってから、〝ヨシ〟と自分に気合いを入れる。

とはいえ、今日の私は？……と、鏡をのぞくと、昼間は何もなかった所に、ポッンとニキビらしきものがいる。

「うわー、最悪」「あれ？　よく見ると、少し疲れているのか、くまもんも出てる」

「フーしまった。せっかくなら、休みの日に約束しとけばよかった」と、今更ながらに、後悔した。

「ともあれ、隠していくしかないな！」

気持ちを新たに、少し厚塗りの化粧をほどこし、準備完了！

〝約束の場所〟へと向かった。

そこはおしゃれで、ラフな空気の漂う洋食店。

彼はお店の一番奥の席に座り、ライトアップされた庭を見ながら座っていた。

んー緊張する。

「お久しぶりです。どうも、こんばんわー」

そう言うと、何かビックリしたような感じで、こちらを見た。

（あっ何？　そのビックリ感）脳内に「？」が浮かんだ。

「どうも」挨拶を終え、彼の向かいに座った。

彼は少し照れくさそうに、目を見ない感じで、私との会話を始めた。

私は私で、初めて会った時と相手のイメージが違っていたので、そのギャップに自分でも驚いた。あの時はスーツを着こなし、クールで、若干インテリっぽい雰囲気を醸し出していたが、今日の印象では、全然それを感じさせない。中に赤のネルシャツを着て、皮ジャンをはおり、少しすれた濃いめのジーパンを穿いていた。そして以前はなかったもみあげ辺りから顎へと続く、整えられた髯《ひげ》と、口もとの髯に、ワイルドさをうかがわせた。

更に以前は整っていた髪型も、ジェルで毛先は踊らされ、ラフな感じを演出しており、横を向いた時に浮き上がるえら骨が、男らしさを更に引き立たせた。

印象はさておき、私はスパゲッティ、彼はピッツァを頼む事にした。

その後、フレッシュなサラダがやってきて、私は取り分け、彼はピザを切った。

「じゃあ、食べましょうか」

「ピザ、全部食べていいよ」

「ん？」と私。

（全部食べていいよって（笑））

「いやいや、ちゃんと食べてよ。私も自分の頼んだスパゲッティあるし。それか少しずつ、分け合いますか？」と聞くと、

「ピザがあるからいいよ」と彼。

（あれ？　ピザ全部あげるって今言わなかったっけ？）

と思いつつも、

「じゃあ、あたしも少し、ピザ貰いますね」と言うと、

「食べてみて」と自分が作ったかのごとく得意げに言った。

私はチーズのたっぷりとのったアツアツのピザを食べ始めた。すると彼は肘をつき、腕をクロスにして優しくほほ笑みながら、私の食べるそのシーンを見つめていた。

笑わず、ずーっと見つめる、その瞳が熱い……。

私は思わず、バッと、ボッと顔が赤くなった様な感じがした。

脳の方まで血が昇るような。そして、全身を血が一気に駆け巡る……。

緊張するような、照れ臭いような、そんな感覚が私を襲う。

私は、彼に言った。

「なんか見られてる感じがするので、一緒に食べて下さい」って。

そしたら「俺は食べないよ。好きじゃないから」という回答だった。

「え⁉」気を取り直して、「じゃあ何でこれ頼んだんですか」と聞くと、

「あなたが好きかなと思ったから……」とにっこり。

（それって、私の為に選んだってこと？）と思いながらも、口から出た言葉は、

「プッ、何それ、おもしろい。私、こういうの好きなんですっていった覚えないけど、きっと好きだろうという予測か何かなんですね」

するど、「好きだったでしょ」と聞かれ、

「うん、まあ、おいしかった」と素直に答えると、

「あなたは、何でも好きだよ」と、言って返した。

「ん？」何だ何だ？　この知った様な、それでいて、この予言めいた感じの彼の私の分析は……。

っていうか、何でも好きって思っているなら、何でも当たるって事じゃん。

自分の中で、ボケと、ツッコミを繰り広げ、かわったTalkの展開に、なんだか笑える様な変な心境になったが、どんな計算でのトークなのか、彼のいたって普通のトークなのか、分析屋の私でも、いまいちよく分からなかった。

そんなこんなで食事をし、彼との会話を二時間程楽しいんだ。

ちなみに、彼は全部あげるといっていたピザを、好きじゃないと言ってたピザを半分以上食べていた。

そういったピザを手にとって食べようとしている様子を見ている私の心中は、いかほどかを察して頂けるとありがたい。

その後、楽しい時を過ごし、私たちは店を出た。

お腹もいっぱいになり、空を見上げると、いつも以上に澄んで星座が輝いている。

「ハーーーっ」、私は夜空に向かって、白い息を吐いた。

今までの重かった心の迷走が吐き出され、すがすがしさが訪れたような、そんなさわやかな気分だった。

そして、お店も、夜空も、イルミネーションも、全てが自分の味方になって、輝いている様に思えてならなかった。

(私の心がときめいてるから、何でも輝いているように見えるのかしら？)

そんな事を思っていたら、

「次は、どこに行きますか」と聞いてきた。

「え？　今からまた別の店、行くんですか？」

「まだ少しの時間でも、行ける所あったら行きたいよ」

「じゃあ、一ゲーム、ボーリングをどうですか」

「ok!　じゃあそこで決まり」

ということで、さっそく、ボーリング場へ向かう事となった。

だけど、一緒の車に乗って行くのは嫌だったので、お互い別々の車で、向かう事にした。

そして、一ゲームがスタートした。

「ボーリング得意ですか」

「あんまりやらないから、どうかな」

「先にどうぞ」

「OK! じゃあ私から」

そして、一投目、普通に八本、二投目〇本。うん、まずまずだ。

「次、頑張ってね」と私。

「OK!」すごく笑顔を見せてくれ、一投目を投げ……。

とその時、ふと顔つきを見た。

すると、笑顔とは一変、本気モードの一球投魂の真剣な眼差し《まなざ》し。ゴールを睨むような、笑みも一ミリもない表情で、その一球に挑んでいた。

なんで、このシーンで、あの表情なんだろう。

少し、変わっているのか、真剣になっちゃうタイプなのか。

ボールいった……。あっ……三本だ……。やっ……あんなに真剣に投げたのに。コメント困るなぁ。

えっと、表情はどうかな……。あっセーフ。大丈夫、笑ってるから。

けど、ちょっと赤らみがあるから、三本だったから、恥ずかしいのかなぁ……。複雑。

「もう一投あるから、ガンバレー」私は、コメントを無難に通過した。

その後も投げ続けるも、いいスコアは全然出ない。

球は早いし、構えまではかっこいいのに、投げ方は、他の人よりも不格好だ。

しまいには投げるタイミングが悪くて、ボールが、どん……コロコロコロ……。私でもなかなかやらないプレイをやってみた。

けれど、毎投、投げる時の一球投魂の真剣な表情がツボにはまり、顔を見るたび（まただ。またあの表情だ）と、内心笑えた。

だけど、なぜかその全ての姿が、心の印象袋にストストと入っていった。

やはり会うのが一番だ。表情も見られるし、何より、こんな時はどうなの？　が次々見られる。「百聞は一見にしかず」である。

あと、共に過ごす時間は思い出にもなったしー。楽しかったしーー。

これは、ちょっと「トキメキ」に変わりそうな……。

イヤイヤ、まだまだ、ときめくには早すぎる。もっと恋は慎重に。

簡単にときめいたって、浮いて沈むだけ。

でももし、最高峰まで浮いたなら、共にプカプカまんまる浮輪になって老後まで迎え、にこやかなかわいらしいおじいちゃん、おばあちゃんになっていきたいな。

仲よくユラユラと……ユラユラと……。大理想であり、壮大な夢でもある。

だから、そうなれる人かどうか、ちゃんと見極めないと……。

だから、ときめきくん、そう簡単に出てこないでね。よく見て、よく聞いて、確かめて、まずは「分析」から。

だって、ときめきくんは、出てきちゃうと、私を盲目にしちゃうから。

（盲目？　あの笑顔、あの声、話し方、あのガタイ、男!!　って感じがして、ステキだったたな。甘～い、あの雰囲気に、後ろから抱きしめられたいなぁ……）

「いかーん!!」次はSweet Love想像しちゃった。私、容姿に惑わされているのかなぁ。

自分の顔をパチパチと叩き、ダメダメと、気を取り直し、「まだまだ分かんない」と、答えを置き換え、浮きそうな心をcoolに抑えた。

翌日、眠たい体を、叩き起こし、また、いつもの日常をしに会社へと急いだ。

朝の時間は、猛スピードで過ぎていく。

同じ時間でも、夜の時間とは全然違うスピードで、進んでいく気がする。

自分の用意なんて、ちょっとやってるだけのつもりなのに、三十分があっという間に過ぎている。

話は飛ぶが、時間軸の話は、それ相応に面白い。

集中の仕方や、経験によっても、時間の感じ方が違うという。

宇宙に行った人はもっと時間の概念や、感じ方が違うという。時間は無限にあるようで、限りがあるようで。

それとは別に、時の面白いのは、赤ちゃんだった自分が、いずれはおばさんの役、おばあさんの役を、長い間社会の中でやらないといけないこと。

だから、少しでも長い時間、若い時代がいいからアンチエイジングがはやるし、玉手箱を開ける前の、年齢を意識しない浦島太郎方式も、有効なんだろう。

毎日、同じ一日の様で、同じではない。

何万時間という時間、ちりつも方式で何かができる。

逆に変化を意識しないと、あっという間に歳をとってしまっている。

とはいえ、人生、全て思い通りにいくわけじゃないけど、与えられた時間を大切にしたいものだ。

っと……いけない。

頭の中で、回想している場合じゃない。いざ、会社に急がないと遅刻をしてしまう。

今日は、いつもと少し違い、何か仕事も明るく、楽しく感じる。

そして、太陽も眩しく、いい一日だなぁと、大きく伸びをした。

この気分。この晴れやかさ。昨日、久々のワクワクを楽しんだせいだろう。

気になる人が、ちょっと、心にくいこんでくると、こうも気分が違うものか。

だったら本気で誰かが心に住むようになったら、私、どう感じてしまうのだろう。

きっと私はハートを抱いて飛ぶ白いハトの様に、そして、目には周囲にバラが咲いたように、キラキラと輝いて見えるんだろうな。

あー、早く、優しくて、誠実で、面白くて、女としては自分だけを愛してくれて、子供想いで、欲深くない人。欲深くない人を望みながらも、もう少し、欲を言うなら、親切で頼もしくて、温かくて、賢くて、できればかっこよくて……って、限りなーーーい。

そんないい人、まれだね。

そんな人に出逢えるかは、自分次第って事か。

じゃあ、しっかり自分を磨かないと、そんな人にも出逢えないいか。

でも、自分をしっかり磨けば、本当にそんな人に出逢えるのかなぁ。

またまた、自問自答にふけってしまう私がいた。

そんなことを回想しつつも、今日の仕事をこなし一日頑張った自分を、褒めてあげた。

　そして仕事が終わったとたん、足早に会社を去り、公園のベンチへと向かった。

「電話、かけちゃおっか」

　電話とにらめっこしたのち、ボタンを押した。

（いつもの様に、いつもの様に……）と。

「もしもし……」（あっ出た！　あー低い、渋い声。耳、心地よいな。まず、声の感想）

「あっ、あの昨日はありがとね。今日の仕事行くの、大丈夫だったかな？」

「フフ……もちろん、大丈夫だよ。あなたに会いたいからね。眠らずに行っても仕事は大丈夫」と、サラっと言ってきた。

（えっ？　何何？　今の返しは？　それ、どういう意味で捉えればいい？　今のは突然の愛の告白？　冗談の延長？　会いたいイコール好き？　好きまではいかなくても気に入ってるって事？）

　言ってる言葉ではそんな風に読みとれた。

　私は笑いながらも
「じゃあ、あたしも、一緒にしとくね」そう言って、私も、自分の気持ちに、曖昧《あいまい》さを持たせた。

向こうも、「フフフ……ン」と笑った。

笑い合って、気分も上々!!

「会いたい～」か……フフフ……。

自分のときめきはすでに感じていて、「ときめきの瓶」に、クッと蓋をしたけど、その瓶は、今の何げない会話で、今にもパーンと飛びそうなくらいにキシキシと浮き上がり始めていた。

引き替えに、自分の瓶度は分かるが、彼の瓶度はどのくらいなのか。いやはや謎だが知りたいものだ。

出る言葉で押し測ると、瓶に入れてたのがポーンと弾けて、解放されちゃったくらいかな。

だって、「眠るよりも……」

そんな時「次はいつ会いますか？　予定はどうですか」

「あっ。えっと、三日後、大丈夫です」

「じゃあ、ご飯行ってから、どこか遠くに遊びに行こう」

「あっはい」

再び会う約束を、取り付けた。

うんうん。またまた「誘い合ってる」って、なかなかいい感じなんじゃない？

いい感じで、次に会った時「付き合って」なんて言われたら、どうする？

何て言えばいい？　まだ、早いよね。

だけど、タイミングだし、でも気持ちに確信もなければ、曖昧な気持ちでスタートしたところで、縛られるだけだし、付き合いたい気持ちまで達していなければ「自分の彼氏です」というのも何だし……。

いやいや、まず、考えるより行動だ。

「今の私」では、何とも答えが出ない。

日々、一日一日の変化だ。心も、その時々感じた事で、その時の私が答えを出すことだろう。まずは時間経過を経ないとね。

恋の予兆を感じつつ、浮きすぎないように心を見せすぎないように、相手のペースにはまらないように、警戒しつつでも臆病にもならないように、石橋を渡るような気持ちで自分の心に、前準備をさせた。

だってどうも彼はミステリアスなのか、動きが予測できなくて。

そのタイプは慎重にいかないと、どんどん相手のペースに持ってかれちゃう。

とにかく、甘い言葉に御用心。

だがこれは私の日常生活の中に起きた、新たな湾曲の始まりだった。

これって、私が引き寄せたのか、タイミングが動いたのか、運命の出逢いが起こり、運命が動き出したのか。

　ここで一旦、講釈。

　そもそも、誰しもが興味のある「運命の出逢いと別れについて」だけど、その前に、「運命」って？　という事だけど、辞書で調べると、たまたまとか、偶然とか、なるべくしてなる事とか、それに絡んで、宿命とかいう言葉も出てきて、それにリンクして、縁だとかいう言葉が出てくる。

「目には見えない力」が、全て加わっているように感じる言葉だが、説明がつかない、だけど何故かなど、不思議なゾーンの話をそういう言葉で、表現するのかなって思う。

　昔から世界中の人がやっているタロットカードにも、「運命の輪」というカードがあるが、昔の人も世界の人も運命を感じ、人生を変えているということに感動する。

　誰がどんな力を加えているのだろう。

　その前の人生の土台が、運命までの過程を作って自然に引き寄せ合い、運命に出くわす。

「運命の出逢い」は、嬉しいから勝手に心が弾み、「運命の別れ」は好きなのに、自分の思いとは裏腹に引きさかれ、切ない。

　どちらも運命だけど、体で言えば、体をほぐし、温める派と、体を硬直させ、冷えさせる派。

思考でいえば、作り上げる思い出と、消し去る思い出。

二つの言葉は、雲泥の差で、大きな対極の位置にいる。

そして人は「あの時」や「運命」という分岐点を支点に、次の展開を広げていくし、広げていかないといけない。

とにかく、講釈はおしまいにして、私の運命は動き出していった。

告白

三日後、約束の日がやってきた。

「おはよー私!!」まず、クマチェック。

（うっ。くまめ！　またいるなあ……。）まっ、まぁよし。

「んーーーー!!　ハーーーーー」大きく伸びをした。ヨッシャ、気合い！

鏡で自分と対峙し、イケてるかチェックした。

寝起き。「いけてなーーーい。」（笑）

オール off の自分を見ると、「へんなのっ」って思う。

髪を整え、装いを新たにし、チョチョッとメイクを施すと、まあまあいい女なんじゃない？　なんて思うのに。

どっちも、私なんだけど人用に見せるのは後者の自分。

だけど、誰かと結婚したら、相手に両方の自分を見せるわけだから、オール off でもいい女を目指したい。

私は気持ちと寝ぐせを整える為にシャワーに入り、「ふんふーん♪」なんて、鼻歌を歌いながら、髪の毛を乾かし、好きな音楽をかけながら洋服を選んだ。

「何系」で行こうか。

きれいめ系？　カジュアル系？　かわいい系？　おとなしい系？　boyswoman系？

どのタイプで行こうか決めかねた。

「よし、今日はお姉さんぽい、きれいめ系にしよう」

私は、アンゴラの入った柔らかい白のVネックのニットを着て、ブルーの膝丈のスカートに決めた。

サラサラっとロングの髪をかきあげ、金のユラユラっと揺れる長めのピアスで更にお姉様度をupさせた。

ピンクと赤の口紅を重ね塗り、プルンっツヤンと見えるグロスを塗った。

かわいい目の下に飼っているようなblue bearにはコンシーラーを塗り、青いくまさんを隠した。

そして、濃すぎない程度にファンデーションをはたき、クルクルっとオレンジチークをほどこした。

仕上げはeyeメークで、かわいらしさと目の印象を強調した。

派手すぎないお姉さん系の私が、完成！

私は意外と変身上手で、結構どれも似合っちゃうんだよね。っと。

「今日も一丁上がり！」というわけで、準備完了。

おっと、コロンも忘れちゃダメ。シュッシュッ！

コートをはおり茶色のブーツを履き、一張羅のカバンを持って出陣する。

「行ってきまーーーす！」

私は、元気に飛び出し、家を後にした。

私たちは、とある大型ゲーム店の駐車場で待ち合わせた。

発見！　私に気づき手を上げた。私も大きく手を振り返した。

「お待たせ。こんにちは」

「こんにちは、元気そうだね。今日はなんか前とイメージが違うなぁ」

「本当？　そうかな？　フフ。そうかも」それを狙って仕上げたので当然の反応である。

「車どうする？　一台で行こうか」

「んーー。でも」

「別々って変だよね？」

「あ、ハイ……。」

私はこうして、初めて彼の車に乗った。

んーー緊張。単独で男の人の車に乗り込むの久々だし、心の奥で、警戒心が働いているんだよね。

何って、下手に何かあっても困るから。

だが、今回、昼というのも相俟《あいま》って、必然的に車に乗る形となった。

ピピピ！　ちょっと待った。

ここで、（もし何かあったとしたら……）の警戒については、当然no。

その際は、思いきり振り切って断り、そして、万が一、それでも振り切れなかったら、トキメキの段階で、車に乗った自分を後悔し、反省するだろう。

救いとしては、多少ときめきの人だったということ。

ダメージとしては、断っているのに、ムリヤリくる様な人を「いいかも」と思ってしまった事と、あと、せっかくトキメキかもの人を見つけたのに、もう、ときめけないという事。

その先の答えはどう出るのか、本日の彼の行動でも、決まるわけだ。

どちらに転ぶか、私の一種の賭けである。

「お願いだから、下手なことはしないでね」そう祈る私だった。

運転中、車からは少し早いクリスマスソングが流れ、まだ、カップルではない私たちを、気恥ずかしくさせた。そんな中、

「そういえばさ、まだ聞いてなかったけど香里さんはいくつなの？」と聞いてきた。

そうだった、そうだった。もう歳上だろうの感覚でしゃべってたけど肝心な事、聞

くの忘れてた。

「多分、私の方が下だと思うけど、二十七歳です。颯太さんは？」

「フフ……そうか……二十七歳か」と、また笑った。

「えー、何？　何歳なんですか。声も渋いし、雰囲気だって大人な感じだから、歳上と思ってたけど、違うの？」

「大人っぽい？　俺が？　君が幼い感じだよ。俺、二十四だよ」

「えっ？　うそ……。二十四歳って歳下？」

「って事になるね。俺は少し上かなと思ってたけど、三つも上とはね」彼は笑った。

私は固まった。五歳も見誤るとは。たまらなくショック。

歳上にグイグイ引っ張っていって欲しかったのに。

二十四歳なら、まだ遊びたい盛り。偶然も繋がって、運命もちょっと感じたけど結婚は有り得ないなぁ。

あーやだ私、すでに結婚なんて、意識してたのか？

付き合ってもいないのに、早すぎでしょ、何それ私。

あー、始めにちゃんと聞くべきだった。

でも「袖触れ合うも多少の縁」。

この流れがあったから次のステップにいけたという日がくる事を思って、今を大切にしよう。どこがきっかけで、どう流れていくか分からないのが人生だし、運命と違う人だからと、この時を大事にしないでは、いい縁はやってこないと思うからね。どの時間も役に立っていると。

そんな事、思いながらも、彼との時を楽しむ事にした。


―Lunch Time―


今日も、かわいらしく、お庭も整えられた白い漆喰《しっくい》の外壁のおしゃれなスパゲッティ屋さんにした。

そして、今日は休日。店内は、おしゃれをしたカップルや、女の人たちでごったがえしていた。

私たちは、そんなお客さんたちに紛れながら、お昼のざわつく空気を楽しんだ。

そして、オリーブや、にんにくの焼かれるピッツァの香りやミントやバジルの香辛料の香りが空気中にたちこめて、私の食欲を誘う中、ようやく私たちの名前が呼ばれた。

テーブルには、一輪のバラが飾ってあった。

私は「たった一輪のバラなのに、なんかおしゃれだね」と言うと、彼は、スッとバラを取って「あなたに」と言って、頬杖をつきながら私の事を見つめ、バラを差し出した。

一瞬、空気が変わり、酔いしれた後、笑いがこみあげた。

そして「ハハハ」と大きく笑った。

カットカット。一瞬、見つめるその視線と美しいバラに、ドラマのワンシーンの様で、華やいだ気分になったけれど、よく考えて！　お店の花だし、あなたが買って、私の為に用意した花ではなく、そこらへんにあった物を「ホイ」と渡してるだけの話だよ。

現実直視。まあ、ユーモラスがあって面白かったけど、そんなに見つめて、渡さなくても……。

彼も自分でやっておきながら、きれいな切れ長の目を糸のように細くしてクニャンと笑った。

その笑顔がギャップと眠っている人柄を表すようで、それでいてかわいくって私の心をキュンキュンさせた。

そして、私の中で、他の人には見せたくないなぁっとも思ってしまった。

だって私がときめくって事は、絶対、他の女の子も、ときめいちゃいそうだし、母性本能もくすぐられて、積極的な女の子なら、彼を誘いに行っちゃいそうだもん。

結果、笑顔で、ときめかされて、次はその笑顔に泣かされそうみたいな。

あーーー、せつな。

独占したいのに独占できないこのジレンマ、愛の苦悩である。

だが今の私には、それを望む事こそ無謀な状態。

だって、まだ何も始まってない状態だし、知り合って食事に来た程度の間柄なんだから。

愛とか独占とか、また、夢の妄想話。

だが知っているのにジェラシーが先走る。

「何か、笑顔、めっちゃかわいいね。言われない？」

と言うと、フフっと笑いながら、

「みんな僕の顔好きだよお」と言ってきた。

わー。ナルシスト発言。

笑顔は当たり前で、顔もみんなに好かれてると言いたいのかなぁ。

「顔？」そう言って首を傾げると、

「顔は三日で美人も慣れるって言うでしょ、気持ちが大事だ」

と言ってきた。

会話、嚙み合ってるか？　ナルシストなのか？

顔が問題じゃないといさめられたのか？

結果、気持ちが大事だとしめられた。

ポンポンと帰るボールのように会話がいきずらいな。

こうして、笑顔の話は、途中で立ち消えとなっていた。

その後は、向こうが私の方へ質問をしてきた。

いたって普通の話が多かったので、

「前の彼氏はどんな人だった？　とかは聞かないの？」と笑いながら聞いた。

すると、「聞かないよ。そんな事は、聞きたくもないし、話したいの？」と言って、顔つきが急に曇った。

「えっと、別にそんなつもりじゃなくて、ちょっと冗談で、言ってみただけだから」とトーンダウンし、その話はクロージングした。

その辺は、男と女の違いなのかなー。

女は、情報を元手に、彼という人物を分析し、〝彼にはそういう所がある〟と認識をし、自分がそういう扱いにならない為にも、どうしてそうなったのか聞き出して検証し、判断の材料にしたいと考える。

自分が遊ばれない様にとか、どういう付き合いにしていくかと、前もって熟考したいから。

だが、検証したところで、それが正しく生かされるかは、別なんだろうけど。

「丸腰で向かいます」より、知っていた方が、聞かないよりもましなのである。

男は、それよりは過去の男の事を想像するのが嫌で、気分が悪くなるのかな?

聞いた事で、何が口から飛び出てくるか分からなくて、そんな女か……と始まる前に思いたくないのだろう。

真の真意は、分からないけど。

その後、食事がきて、カルボナーラと手作りピッツァを味わった。

食べっぷりも男らしく、切られたピザを一口でいく姿はワイルダーだったが、食べている間はあまりしゃべらないので、ちょっと空気感が手持無沙汰になり、沈黙が面白くはなかった。女子だから。

女子は、会話しながら、食べながらよくしゃべる。

彼は、どうだったのか。

私としゃべる話題がなかったのか、それが彼にとって普通だったのか。

それはともかく、微妙な空気を感じながらも、食事を終え、人混みで溢れる駅の方へ向かった。

(あー久しぶりの男の人との町ブラだ。新鮮!)

町には様々な人が溢れてて、人々の顔は一様にみな嬉しそうに見えた。

私たちも他の人から見たらカップルに見えちゃうのかな。

なんて思いながら、ほんの少し彼の後ろになるように歩幅を合わせて歩いた。

私には斜めごしに見る彼も、肩ごしに見る彼も、後ろ姿の彼も目に不思議なフィルターでもかかったように、全部素敵に見えた。

しぐさや目つき、髪を上げる姿までもが、私の心をドキドキさせた。

きっと、他の人が彼を見ても、そんな風には見えず、感じないのかもしれないけど……。

（やっ、やばい。見た目に惑わされる。ちゃんと中身が見れるフィルターをかけ直さないと、外観だけだと痛い目を見てしまう）

とはいえ、マジックベールを脱いだのか、脱げなかったのか、脱いだつもりでいたのかは定かではない。

今思うと、脱げていなかったのではないかと思う。

そして、お店の雰囲気も一気にキラキラ輝いてるように見え、お店の花の一輪もが美しく見えた。

宝石ショップをのぞいた時には、宝石たちが一つ一つ輝き出し、「私も素敵ですよ」「僕も見て下さいよ！」と光を放ち、自己主張しているかのように思えた。

彼が「これいいんじゃない？」と言ったブレスレットは、普通の形だったはずなのに、一気に品格が上がり急にかわいく見える程だった。

ときめきパワーは凄い。心の温度がものの見方を変えて、色々な物までも、より一層輝かせる。

そして自分が町の主役の女の子になれる時間をくれる。

だから、実は私の真意は「マジックベールを脱ぎたくなかった」というのが真相である。

そして私の浮かれた心は、留《とど》まる所を知らず（龍のごとく）上がっていったが、察するところ、彼の心も、上昇気味だったことは間違いない。

私の喜ぶ姿や私の言う言葉、次はこっちーと引っ張られ振り回される事に嬉しく感じているはずだ。

なぜそう確信するかって？　それは「感じ」を「感じ取る」のが結構得意だから。

といって、結構間違って感じ取る事もあるんだけどね。

真の真意なんて、本人に聞いてみない限り絶対分からないから。

「感じ」で読み解くのが自分のできる精一杯だ。

今回は、彼の返す笑顔、見つめる視線、発言などから間違いないと断定した。

その結果は夜のデートで明らかになる。

その後、私たちは、彼の車に乗って鹿島へ向かった。

暮れゆく夕日を眺めながら車を走らせ、たった一日だったけれど、二人の間には相手に慣れる為の貴重な時間が流れた。

そして二人は一緒にいる事に違和感を感じる事さえなくなり、そして天は、夜の空へと色を変えた。

鹿島着。雰囲気は良好！　気分は上々！　会話は？　会話？　会話かあ、そう。会話に関しては幾度となく嚙み合わない点が多かったし、ミステリアスでもあったが、とはいえ、気にする事なかれ……。

私たちは波の音を聞き、きれいに光る丸めの月を見ながら橋の上を歩いた。

話は途切れ、静かな空気が、二人の間を流れた。

私は、その雰囲気と、海の広さと、自身の胸の高鳴りにまかせて、承諾もなく、手持無沙汰な彼の手をギュっと握ってみた。

ビックリしたことは間違いない。そして、そして、

「オっ……」という感じで、私を見て、そして……ギュッと私の手を握り返した。

思い切っての私なりの先制攻撃だった。

すると向こうが、手を握り直した。私は「ハッ」とした。

手を交差に絡め変えたのである。

いわゆるLOVE握りである。ムクムクとハートが跳ね上がり、思わず表情筋がグ

インっと上がってしまったので、もう片方の手で口の周りを覆った。

「ワー！」心の中に幸せ感が満ち溢れた。そして軽く舞い上がった。

「手をつなぐ」ということは大なり、小なり、いいと思ってはくれているはずだから、彼の心のスキマに自分が入れた事が嬉しく、ドキドキと胸が高鳴った。

私の心はすでに「出来事」のおかげか、「ベール」のおかげか、何の「因果」か「運命」なのか、彼という存在に傾いていったのだ。

ただ、問題はあった。二人の間には決して越える事のできない年齢という壁がそもそも、横たわっている。

結婚？　遊びで終わり？　どの答えも今の状態では見つからなかった。

先の事より手をつなぎたい。今、そう思ってる気持ちを伝えたかった。

先の先の先の事、考えたら、今、何もできなくなっちゃう……。

自分は今の自分の思いを果たした。

私は話しかけた。

「フフフ、手、大きいね。フフ、あったかい」

照れくさそうに相手も笑った。

彼は彼で、回想中だったのだろう。特に返す言葉もなく、そのまま手を繋ぎ、ゆっくりと、岸へと繋ぐ橋を渡った。

「もう少し先の海沿いまで歩きたいけど、大丈夫？」

「ちょっと先までならいいよ。あんまり奥まではやだ」

「大丈夫。ほんの少しだけ」

そう言って、海辺へと向かった。

「こんな夜に男の人と二人で来るなんて緊張しちゃう。でも他の人もいてよかったな」

「何で？」

「だって、人がいなかったら帰ってたよ。危ないもん」

「俺を、そんな人間だと思っているの？」

「そうじゃないだろうと思って来ているけど、この一ケ月で、悪い人ではなさそうなくらいで、よく分かんないから」

「俺の事、知りたい？」

「んーーー」と考えた後、ギュッと手を握り、「知りたいかな」と呟《つぶや》いた。

正直な気持ちを正直に伝えたので、なんだか気恥ずかしくなって、小さく笑って、月夜を眺めた。

「ねー、月がめっちゃきれいだよ、丸くない？」そう言って、正面にある輝く月に賞賛を浴びせた。彼は月に、手をかざした。そこへ、冷たーい風が「フーっ」と吹き抜けた。

「うーーー寒い！」鼻先が凍りそうな寒さだった。

すると彼が、

「寒いから、ギュッとしてあったためてあげたいけど、いい？」と言ってきた。

耳を疑う言葉だった。

（えーーっえーーっ？　まじ……？　どうすれば……？？？）

付き合ってもいないのに、ハグですか？　勢いですか？　それとも率直にそうしたいと思った事を伝えてる衝動ですか？

私が、自分の心に正直に手を繋いだ衝動と同じ感じのハグバージョンですか。

確かに私も承諾なしに手を繋ぎにいったけれど、抱き締めるでしょ？

あー、どうしよう。私の答えは何を言えばいい？

心がまとまってない。

「いや？　いい？　どっち？」

「いい」なんて言ったら軽い女？　悪い女？

「いや」と言ったら、相手の反応は？

あー、考えるとパニック。んーーー。

そうだ！　自分の心に聞いてみよう。これが一番いい。

（どうしてほしい？）

私は心を落ち着け、「どうだい？　私の心」と自分の今の思いに真っすぐに聞いた。

私の心は答えた。

「いきましょう！」

そして、少しの間をおいてこう答えた。

そう、「うん……いいよ」……そう……「うん……いいよ」と……。

抱きしめられてる数十秒、私の体にフワッと温かな、大きなクレープのようなもので包み込まれている様な、そんな感じがやってきた。

ドキドキしつつも、とても嬉しく、気持ちよくて、私はフワーっと、彼の体に身をまかせた。

そして、温かいものが、体を流れ私を満たした。

詳しく表現すると、寒い日に、すごく眠たいのを我慢してて、そしてようやく、温かい布団に「フーーーっ」と倒れ込んだ時のような、あの気持ちよさ。一気に眠たいのを我慢していた事から解放され、更にもう我慢しなくてよくなった軽やかさに加え、ゆったりリラックスできた時のそんな感覚に良く似ていた。

そしてまた、言葉で表現しにくいが、別の状態にも気づいた。

何だろう。こうしていると、ドキドキなのに心が落ち着く？　心が満足するこの感じ。

何があってもおさまり薬の様な、傷が癒えている様な、「何かいいもの見つけた」というような、いや、心が安心するといった感じ。

浮かれていたからか、緊張が解けた後だったからか、恋のマジックにかかっていたからなのか。

一瞬かもしれないこの幸せな気持ちと感覚を、ずっと永遠に欲しいと思い、一時《ひととき》の時間に永遠を夢見た。

そして、私は、その想いをその一時の中に閉じ込めたのだった。

そして、しばらくその温かな時空にひたった。

そして、彼は、優しく言った。

「このままキスしたい。キスしてもいい？」

ドッキユーーーン。

えーーっ、うそーーっ。マジーー？　このHotな気持ちの中に、新たなドキドキを、投入するんですか？

浮いた上に、更に浮いちゃうの？　私……。

どう、なんて答えればいいの?!

noって言ったら……雰囲気丸潰れなのは分かる。

noって言う歳でもないし……

でも、歳でyesって言うわけでもないし、でもnoなんていったら、かわいこぶってる？

noなんて言ったら嫌われる？

そんなことで、嫌いになるなら、嫌われてもいいんだけど、noって自分は言いたいのか？

yesって言ったら、気持ちが共に盛り上がるんだろうけど、yesって言ったら軽くないか？　付き合ってもいないのに……。

yesって言ったら「私は軽い女です」って自分で言って、相手も思うつぼで簡単な女と思うんじゃないか。

でも、yesって言っても軽いとかは考えない人かも知れないよ。

yesかnoか、noかyesaか……。

あー、こうか、あーか、どう思われるか、こっちなら、あっちならって、最後は割合、もしくは比重で決めるのか？

あー、そーんな事考えてたら、答えなんか、出ない出ない!!

あー、やばい。時間がない。早く何とか答えなきゃ。どうするの？

私はまた、自分の心に再度慌てて問いかけた。

そして、心は答えた。

そう……「浮いた上で、更に浮きましょう」……とそんな答え。

心の答えの導き出し、内訳はこうだ。

そう、私の中の自問自答。

もし、キスをしたとしたら、嬉しいと感じそうか。

イヤと感じそうなら、やめましょう。

頭ではなく、Heartで感じてみようという、私の頭から心への問いかけでした。

そして、私の心は答えたんですね。

「イヤではありません。それどころか嬉しくプラスα《アルファ》で感じるでしょう」

そして、少しの間をおいて、こう答えた。

「うん……ハイ……」

「チューッ」

♪トゥトゥトゥトゥトゥトゥトゥ……you are my destiny……トゥルルーー♪

脳内に弾けるようなラブソングが、華やかに巡った。

脳の中の音楽隊が、パーッっと演奏を始めたのだ。

音楽に合わせ、指揮者がハートを描くように棒を振り下ろしたら、音符が溢れ出し、音楽隊のステージも一気にライトアップされ、ステージの周りの花火も打ち上げられた。

キラキラ、キラキラと、紙吹雪が宙を舞い、眩しいほど輝いた。

眠っていた太っちょの大太鼓も一気に目覚め、激しい勢いで太鼓を打ち鳴らしている。

この現象は、いわゆるドーパミンだったのかもしれない。

そして、神経シナプスにも巡り、一気にカメラのフラッシュが体中からたかれるようだった。

一般常識の壁を乗り越えて、浮いてしまったのだ。

私は思う、心のままに正直に生きられる事は、開放感を感じ、喜びは倍増し、より一層、幸せを感じられるのだと……。

それはさておき、私と彼は、熱くなった勢いと流れの中で、キスを交わした。

何秒？　はっきりと覚えてないが、十秒くらい。それはまるでドラマのワンシーンの様だった。

周りには、広ーい海辺と自分たちだけの様な空間。

ザザー、ザザーっと寄せては返す、懐かしい感じのあの波音。

冷える空気の中で、暖まる二人。

そして、最高の雰囲気の中で、今までの感情の想いを果たす。熱いキス。二人を照らす、丸くなりかけてる月。

これが、どうして忘れられましょうか。

私にとっては、衝撃も相俟《あいま》って、鮮明に、美しい出来事の様に心に残った。

だが、その後は気恥ずかしさが顔を出したので、「あっちの方、歩こう。行こ!!」

そう言ってテンションを上げた。

彼も先程のモードから「明」のモードに切り変わってくれたので、ムードの空気は、いずこへか消えた。

その後は、「丸くなりかけた月」が見ていた出来事は、何もなかったかの様にたわいのない話をし、二人はその件については触れなかった。

お互い、重い空気になるのは避けたかったのだろう。

一事の感情で動いたものの、年齢や気持ちの問題が解決しているわけではなかったからだ。

要は、あの出来事は、ちょっとした思い出の一ページにあたるだけ。

だから、その話に触れない事は不自然な様で、ナチュラルな話でもあるわけだ。私はそう解釈した。

そして、夜も、九時を回り、私は切り出した。

「もうそろそろ帰らないといけないから、送ってって」

彼は「もう一時間いい？」と聞いたが、明日は仕事の為、申し出は断った。

帰り道、彼はあまりしゃべらない。

何を考えているのか、早めに帰ると言ったせいで、怒っているのか。

「ちょっと音楽を大きくして聞いていい？」

そう言って、会話を避けた。

しばらくすると、彼はvolumeを下げたので、どうしたのかな？　と思っていると、

「俺たち、付き合おっか。どうですか」と言ってきた。

「えっ？」

（えーーーー。うそー。何、今のは告白ってこと？）

「好きだ」とか「愛してる」って言うわけじゃないけど、それって好きってこと？

「付き合おうか」はそういう意味だよねェ。

「好き」って言葉を聞きたいわけではないし、無理くり、言って欲しいわけではないけど、大人になると、そこを飛ばしてもOKってことか。

そんな言葉よりも「付き合おうか」の方が大事なわけだし、流れ通りが正解というわけでもないし。

意外や意外。話の続きがあったんだね。

これだけ果てしなく人間がいる中で「私」を選択し、時間を共有し、思い出を作っていこうって事だよね。

何という急展開。

だが、こんなに早く、答えなんて出せない。

でも、こちらが本気になった時、相手の気持ちが冷めていたら「タイミング」を逃しちゃうんじゃないのか？

今日は、一日で三回も極みの返答。

ただ、三度目の返答は安易に決められない案件だ。

どーすればいいんだ私。心に頼ってはダメ。次は脳の番だ。

よく考えて、行動すべし。そして、

「今日の一日は楽しかったけど、まだすごく好きなのか分からない。歳下と付き合った事もないし、簡単に付き合うと傷つきそうだし。それに、私を本当に好きになってからの方がいいと思うよ」と言った。

彼は、少し考えながらも、正面を見つめ、こう答えた。

「本当に好きと思ったよ。今日、会う前から」

「……」

今、不思議な事を言ったよね。

私の時空関係は、ちょっとパニックになった。

「今日、会う前からって……」

本当に人の気持ちは、見えづらくて、分かりづらい。

「本当に好きなの？」すると彼は、

「もっと知ってからと言ったけど、付き合ってから、知ってもいいんじゃないの？」

と言ってきた。

もっともそうな答えだが、リスクを考えると、何も言えないゾーンである。

彼は畳み掛けるように、

「俺は、この先、あなたがどうなるって言うのが分かる。自分が未来に連れていくんだから」と、正面を向き真剣な顔つきで答えた。

（何⁇　結婚の様な、未来予知の話？　何かその先の先までを私と描いているの？

プロポーズの宣戦布告？　さっぱり分からない。ただ、その言葉の意味は何だろうか。

信じてみようか？）

だが、私は言った。

「男の人のそういうこと言うの、信じられない」と……。

すると、「今信じなくていい。後で分かる話だから」

（あれ？　どっちが上手？　何、信じさせるってこと？）

数々の疑問を残しながらも、私はやっぱり解答を避けた。

「ちょっと、考えさせて。大丈夫？」

「大丈夫だよ。行きつく答えは同じだから」と言われた。

大胆発言？　自信満々？　やるなぁ。

私たちは朝会った駐車場まで辿り着いた。

「今日は、色々ありがとう。今は心が整理できていないから、ごめんね」

「いいよ。俺も楽しかった。忘れない一日になったから」

「そっか。よかった。またね」そう言って去ろうとすると、その時、グッと腕を引っ張られ、ギュッと肩に手がきたかと思うとグッと顔がきて、ギュッとキスをされた。

突然の事で、ワッ‼　となり、エッ？　と思い、一気にドーパミンが噴出した。

約四・五秒ぐらいのキスだったが、五秒後に目を開けると、四・五秒の魔法でもかけられたかのように薄いベールが脳内にかけられ、はっとした。ベールの色は、ピンクだったのか金色だったのか、キラキラだったのか私には分からない。

私はその後、手だけを振り、彼の車を後にした。

この様にして、羽山香里の運命の輪が大きく回り始めたのだった。

その輪はどこへ向かって、どう流れるのか分からない。

とにかくグルングルンと動き出したのだ。

「さあ、行きなさい。次のステージへ……」と言わんばかりに……。

結婚に向けて

香里は家につくなり、いつもとは違う、高揚している自身の状態に気づいた。

一日で様々な事が起こった為、どこから何を考えていいのか、様々なシーンが眼前を飛びかった。でも親にはまだ知られてはいけない。

根掘り葉掘り聞かれたら、楽しむ思いも、楽しめやしない。親の前では平常を装い、ニヤニヤする心を静めながらお風呂へと逃げ込んだ。

そして、お風呂につかり、一連の出来事の回想にひたった。

今日の朝の時点では、相手の確たる気持ちは分からず、この様な流れになるとは想像していなかったので、「たかが一日、されど一日」の重みを実感しつつも、日々の積み重ねが、心や動きに変化を与えていく事を感じた。毎日同じの様で同じではない。

そして、いずれ何らかの形になって、トンっと自分に返ってくるということを知った。

いい事も、悪い事もである。

高揚し続けている自分に抑えていたときめきの瓶は完全に開き、心中に開放されている事を感じた。

慎重にとは思ったが、もう「ときめき」が、「キュン」が止められない。

本当は、いつもと違う出来事に戸惑ってるだけかもしれないと思いたい。だけど、そんな突然の強引、もし違う人なら完全にそうなる前に、noと断わっているはずだし、嬉しいと感じないだろう。

あの行為を受け入れた時点で、気持ちはすでに駆け出していたんだろう。

私はお風呂の温かさに加え、のぼせる今日の出来事に、「人間っていいな」と思いながら、暖かい布団で眠った。

そして、朝を迎え、また新しい一日がやってきた。

大人は、日常で色々な事が起きても、その問題を抱えて、横に置きながら、とにかく仕事へと向かっていく。大変な生物だ。

私も今日は、ゆっくり休んで考えたいところだが、甘い事は言ってられない。

余計な事は考えず、仕事に精を出した。

気分がいい為か、仕事に前向きに取り組め、集中力もupしたのか、サクサクとはかどった。

「嬉しい事があると、脳の機能も上がるのかな」

本日の仕事ぶりに自分で感心した。

昼の時間、同僚の七美と、食事をし、昨日の出来事を聞いてもらった。

七美は一つ上の二十八歳、とても明るく面白く、ちょっとぽっちゃりで、どんぐりのようなその目は真に愛らしかった。

七美の話は、時に鋭く、話の本質をついてくる。

ちゃかすのも好きで、彼女との会話は日々楽しく弾んだ。

信頼もしていたので、秘密の話から政治の話まで、あらゆるジャンルの話題で語り合った。

七美は「何何？　どうなったの？」と興味津々で、話に身を乗り出した。

「実は昨日、告白されましたー」「えーーーっうそ、どうしてそうなったのーー?!」と、私の恋路の展開に、ニタニタしながら、「話したいんでしょ」を含めつつ、「聞きたくてしょうがないよ」をアピールした。

私も、もったいぶったかのように話しだし、昨日の三つの衝撃ストーリーをのろけながらも、演じた。

七美も、ついに告白のシーンには、彼の言った言葉に耳を疑い、〝告白にプロポーズも含んでくるなんて、すごい男だ〟と認めた。

「でもさ、その予知めいた事通りなら、香里の運命の結婚相手、ってことじゃない？やだ、凄いよ。香里。ついに運命の人見つけちゃった？」

「見つけちゃった?!　アハハ。アハハ」

私と七美は、恋ドラみたいな話に華を咲かせ笑った。そして「ちょっと香里が、どう思ってるのか、じっくり聞くから、夜、食べに行って話そうよ」と、夜の場へと誘われた。

　夜は七美とのダベリング会。残業なんてしてられないからやる気をプラスし、モーターのようにちゃっちゃと仕事をこなした。

　早く話をしたくて浮き足立っていた為、五時の終了とともに、真っ先に会社を後にし、ファミレスへと向かった。

　そして今日の仕事の話をしつつも、ようやく本題に入った。

「で、どうなの、香里。遥川さんと、どうするか決めたの？」

「いやいや、自分の気持ちも整理できてないよ」

「じゃあ、今、彼の事どう思ってるか、思いつくまま話しちゃいなよ。全部吐き出せば、答えに辿り着くんじゃない？」

　そう提案され、好きな要素から不安材料までをぶちまけた。

　とりとめもなく続く、話の内容はこうだ。

「私、すでにトキメイてはいるみたいなのよ。何かと気になるし、相手の目の中に映りたいと思うし、彼のこともっと知りたい。一緒にいて、時間を共有したい」

「うんうん。それだけしたいがあれば、かなり付き合いたいと思ってるよね」

「うん。で、好きな所は、真面目に働いて、実家に言われた通りお金を入れてる事とか、あとちょっと強引なところもあり、謙虚さも同居してて、少しミステリアスなところと、甘い言葉。時折見せる真剣な表情、まぁ、あとは、あんま知らないから、見た目になっちゃうけど、顔自体は結構好みだし、包み込むような広い胸も好きだしファッションセンスもあるし、DNAも強そうだから、より欲しいのかも」

「確かに香里の好き票をいっぱい獲得してるし、世の女の人が好む材料をちゃんと持ち揃えてる感じだね」

「でしょー、今のところ私の王子様像にかなり近い。でも不安なとこは、三つ年下だった事と、少しcoolなのか、よく、沈黙になるんだよね。そういうとこ、分かりにくいし、質問を投げてもストレートに返ってこないから、たまに考えさせられちゃうというか……。私、基本面白い人好きじゃん。分かりやすい人がいいんだよね。とにかく、誠実な人がいい。」

「遥川さんは誠実じゃないの？」

「そんなことないよ。私だけみたいなのは感じさせてくれる。けど、まだどこまで誠実な人かは分かんない。」

「それで？　あとは？」

「あとは、自信がある人だから、他の女の人が彼の魅力に気づいたら、寄ってきちゃいそうで、その時、他の女と戦うにも、五万と、素敵な女の人いるんだから全ての女性に打ち勝つ自信もない事かな。どこかの時点で負けたら、私が辛い思いしそうじゃん」

「誰しも一緒なんだけど、後ろから来た人に負けたら、プライド傷つくよね。ちょっとでも愛が奪われるのもやだし、他の人と楽しんでると思うとゾッとするワー」

「でしょ。もてない人なら、敵も少ないけど、もてる人だとねェ……」

　七美の表情が変わった。

「そんな事ないよ。もてなさそうな人でも、浮気してる人とかいるよー。じっくり付き合うと、優しい人だったからとかさー、女のときめきの範囲はかっこいいだけに留まらず、広いから、母性本能くすぐられたとかさ。それに、その顔も馴染んで、愛《いと》おしくも見えたりするんだよ。そういう女だって世の中五万といるんだから」

「まぁ、そうか。もてるもてないは内面って事ね」

「そうよ。結局、彼が、どんなにいい女が現れようと、香里を思って蹴散らしてくれれば、そこは問題ないんじゃない？」

「アハハハ。いい女がいい寄ってきて、蹴散らせる男がいるの？（笑）大半は、いろんな言い訳つけて、浮気だなんだに走るのが一般じゃない？　もしちゃんと断われる人がいたら神だね。それこそ男の中の男だよ。どんな女の誘引にも負けないなんて、ねェ……」ハハハ。

「大体は、一、二回、大人の遊びをして、何事もないように日常に戻るか、関係を続けちゃうかみたいな……」

「聖人君子なんて、なかなかいないないか」

「据え膳食わぬは男の恥なんて言うぐらい、言い訳用語があるぐらいだもんね。女に恥をかかせない為にも、そうしたんだみたいな。めっちゃその行為を正当化してさ」

「そうそう、だったら女だってさ、『上げ膳食わぬは女の恥』という、勇ましい言葉があってもいいじゃんね。でもそんな事をしたら、女の場合は、すれてるとか、軽い女だとか恥じらいがないだとか言われちゃうっていうね……」

「そうそう、男は良くて女はダメだ、みたいなそんな男にとって都合のいい文化」

「うん。比較的妊娠のリスクが低いから、男はよさそうに見えたって、感情面から言えば、男だって女だって、やられたら嫌なのは変わりないから、両方ダメですよって思えばいいのに、男はやたらと理由をつけ原始時代の狩りをする動物の時の時代の話まで持ちだして、男はいいけど、女はダメを押し出す」

「そうそう。今は原始時代じゃないっての。DNAがっていうけど、木《こ》登りも別にしてないし、時代に合わせて、車に乗って電車に乗って、木の実や、木の葉も取らずに買い物をして現世の時代に合わせた活動してるじゃんね」

「フフフ、そうそう、そう言うと、いやーそっちに関しては本能がそうさせるとか、どうとか言ってくる。DNAって事にしてるけど、ようはあっちにもこっちにも行きたいという自分の感情がコントロールできないのをDNAのせいにしてるんでしょって。女だって、あっちもこっちも行きたいけど、理性が働くなり環境のせいで抑えられてる人が多いだけで、理性をなくして、言い訳していいならそりゃいきたいよね」

「そうそう。みんなモテたい願望は一緒よ」

「そこに、自己抑止力がうまく働くかどうかだよね」

「で、遥川さんは、どっちのタイプかね」

「そこは期待したいとこだけどねー。まぁ、淡い希望という事で」

女子トークは会話が彼方《かなた》へ飛びつつも弾んだ。

そして、七美は言った。

「香里、もう答え出てんじゃない？　遥川さんももっと前から好きな気持ちになってるなら、付き合ってみたら？　女に関してはリサーチして浮気性じゃないなら、いいんじゃない？　浮気性なら本当の幸せ摑めないから身を引くべし！　ただし、付き合っても心を全部あげちゃダメよ。『この人だ』と思うまで、開放しちゃだめ。いつでも身を引ける体制とっておいて」

「姉さん、最高です。何か背中を押されました」

私は相談にのってくれた七美にお礼を言い、OKする事に決めた。

その頃、遥川もまた、未来について、友人と居酒屋で話をしていた。

遥川の同級生の森田だ。彼は少し物静かだが、真面目で穏やか。遥川が信頼している人間の一人であった。服装は無頓着だが、頭がよく理論的に考えてくれるので遥川は何かあると森田に相談をした。

「俺、彼女できた。どんな女の子と思う?」

「えっ本当? いつできたの? 次は、どんな女の子?」

「すごく、かわいいし、いいこだよ」

「へー。で、どこで見つけたの?」

「取引先の会社に行った時、突然、電話番号渡されて、衝撃だったよ。女の子から急に渡すんだよ、不意打ちできたから気になっちゃって。で、何回か電話で話したら面白いし、優しいし、しっかりしてるなって」

「珍しいな。お前がそういうタイプの子と付き合ってるの、ここ最近は見た事ないからさ。いつも派手な子というか、とんでるタイプが多いからさ」

「遊びと、真剣に付き合うのは違うでしょ」

「えっ! お前、まさか、その子と結婚とか考えてるの!!」

「その子の事は、絶対に逃したくないと思うからさ」

「まじか。っていうか、やめとけ」

「なんで?」

「なんでって、その子がかわいそうだから。お前、他の女の事、いっさいやめれるの?」

「その子と結婚できるなら、女とか全部やめる。もう遊びで付き合ったりもしない」

「……」

「できないと思ってる?」

「お前が、どう変われるか分かんないけど、真面目な子を裏切るような形にだけはしないで欲しい」

「うん、大丈夫。自分が守るよ」

「で、どのくらい付き合ってるの?」

「どのくらい?　もう、付き合うと思うよ。」

「は?!　まだ付き合ってないの?　お前彼女できたって言ったじゃん」

「たぶん答えはokと思うから、結局はもう彼女と一緒」

「お前なー、聞いてる方は勘違いするからきちんと話してくれよ……まったく……。

でも、そんなこと言っててフラれたらどうすんの。俺は、その方がほっとするけどな。

その子の為にも」

「どんな子か見たい？」と、笑った。

「おう。お前、浮かれてるな」

「ハハ、飲もうぜ。」

そう言って、ビールをとって高々と乾杯をした。

森田は遥川の過去を知っていたが、恋をやめさせることはできなかった。

まだ見ぬ香里への心配をしつつも、

「まぁ、成るも成らぬも成行きまかせか。僕の立ち位置は恋の行方を見守るだけだ」

と、自身に納得し遥川を見送った。


数日後、遥川の連絡で街中のこぢんまりとした〝テリーS'喫茶〟に呼び出された。

香里は（この前の答え、聞かれるのかな?）と、少し緊張をし、胸が高鳴った。

「こんにちは。待ちましたか？」

「いいよ。座って」

遥川は笑顔もなく、真剣な顔をしていた。

（あれ？　どうしたのかな）彼の気持ちからくる空気感に、テンションを合わせた。

「注文していい？」

「どうぞ」

まだ、コーヒーカップをいじりながら、真剣な表情のままだ。私も笑うに笑えない。

私はそそくさとメニュー表に目をやり、注文をとりつけた。

私が注文し終わっても話さなかったので、「どうした？　何かあったの？」と聞いた。すると、真っ直ぐこちらを見て、

「俺たち、付き合うの大丈夫だよね」と言ってきた。

「フフ」笑ってしまった。何この、来て早々のどストレート。

息をつくまもない。

「聞いてみていい？　私のどこが好きで、付き合いたいって思った？」

「……」返事がこない。

「んー、どこが好きか分からないまま付き合うのはできない」

「言わないとダメなの？　俺の中ではいっぱい分かってる」

私はすかさず続けた。

「そうとは思うけど、聞いてみたいし、自分がどうあなたの目に映ってるのか知りたいの」

「お待たせしましたー」

私のコーヒーが運ばれてきた。

私は一息入れる為、砂糖、ミルクに手をやり、すんなりとはいかない流れをスプー

ンで混ぜながら、濁した。

「無理に言わされるのは嫌い」

えっ？　無理にって……。

「分かった、じゃあ、いいよ」そう、答えた。

ここで彼の頑固さを感じた。

私は話を逸らそうと、別の話に話題を振った。

来る前に手袋をひっかけて糸が出た事。どっちでもいい話である。

当然、そんな話題で、空気感は変わるわけではなかったが、多少彼の顔がほぐれて、再度、口が開いた。

「付き合うのは、大丈夫ですか」

えーー!?　また同じ質問？

結局、答えてない。言わないと付き合えないと言っているのに。

これは、どっちの意見の手順を優先して進むべきなのか。どこが好きかは分からなくても、好きだから付きあいたいという気持ちは分かってる。

私が、新たな条件をつけているだけで、彼からすると納得できないから、こちらに「(その質問)それなしで答えて」と突きつけられてる感じだ。

あー、何か謎解きみたい。

えーっと、器が小さいと小さいところにこだわり「大きいものを逃す」と……。

「自分も好き」という大きな風呂敷包みを広げれば、そんな言葉の話は些細な話。

私はそれに気づき、自分の小さい器を叩き割った。

(私の聞きたい思いよ。さようなら。また会う日まで) 私は、付き合いながらでもその散りばめられた破片を集めればいいか。と、思いを飲み込み、彼を見た。noと言えば、怒って駆け出してしまいそうな表情だ。

私は真剣な顔をして待っている彼に、

「私でよければ、よろしくお願いします」と答えた。

遥川もホッとしたように、優しい笑顔がこぼれた。

そして、「手を貸して」と言われ、両手を差し出すと、大きな手で包みこまれ、

「ぜったい大事にする。これは約束」と言ってしばらく手を離さなかった。

私はだんだん恥ずかしくなり笑った。

彼も「気持ちが温かい」と言って笑った。

こうして晴れて遥川颯太の彼女となり、友達以上から恋人へと移行した。

恋人になるということは、楽しい時間を過ごすのは勿論のこと、相手の事を知る大事な時間。性格、気質、過去、家族、友人など様々な事項を前より深掘りして、知る事のできる間柄となる。

私は遥川に対し、性格面でグレーゾーンをすでに三つは見ていた。なのに、それぐらいと見過ごしてしまったところは、落とし穴であった。

そこをもっと重要視して、判断基準にするべきだったのかもしれない。だが、それは、事を進めておいて、後の祭りである。

こうして、香里の運命の輪は、コロンコロンと回り続け、前回とは違う世界に運ばれたのである。

さあ、お二人さん、未来に何を描くの？

一つの箱に二人で乗り込み、輪がタイヤの大きさを変えた。輪はガシャンガシャンと音を立てて回り、「約束」という看板を頼りに道が広がり、二人を乗せた箱はゆるやかに動き出した。

遥川は、実家に帰るとベッドに大の字に寝そべった。

そして、あの日香里と見た夜の月を思い出し、眼前に浮かべた。

そして、彼は手を伸ばし、片目をつぶりグッとそれを摑んだ。

「捕まえた」彼はそう言って、「ハーっ」と大きく息をはき、「結婚後の二人」を思い浮かべるのだった。

しばらくして、彼は階段を降り、リビングへと向かった。

彼の父はテレビを見てくつろぎ、母は夜ご飯の支度をしていた。遥川はソファーにドスンと座り笑ってみせた。

「親父、俺、彼女ができたよ」

彼は、「おっ！」という顔を見せた。

「俺、結婚するよ」

「は？　どの娘と？　結婚？」

彼は驚き、息子の突然の結婚話に耳を疑った。

「何を言ってる？　今のお前にできるはずがない」

父は彼を幼い頃から育て、波乱の青年期を迎え、ようやく今に至る過程を知っているだけに、いぶかしげな顔をした。

「二十四歳だろ。もっと社会を知ってからでも遅くはないぞ」

「もう決めてるから変わらない。もう、決まってる」

ものすごくマイペースである。人のアドバイスも耳に入っていないようだ。

何が、彼をこのように突き動かすのか。香里の何が遥川の心を捕えたのか。よく分からない。

よく分からないのを、やはり運命とか縁とかと呼ぶのだろう。

父は無言になりつつも、「母さん！」と呼んだ。

「大丈夫。よく分かったから、今の父さんの言葉、大事にするよ」

そう言って、その場を去った。


その後、香里も一様に浮かれた。

だが、今以上に離れられない気持ちになってから別れ話にでもなったら、今の時点でも何故か辛いのに、どうしたらいいのかと不安に思った。

と同時に愛が深まる事の怖さも感じたのである。

でも、「もしもの別れが辛いから」と何もせず引き下がるわけにはいかない。

香里は自分の中で想いを温めた。そして両親にはこの件は内緒にした。

下手な心配や、口出しをされたくなかったからだ。

親から見れば娘の秘密事である。

嘘をついているわけではない。変化を言わないだけ。

でも、時に、本人も抱え切れなくなった時、色々な形で秘密事がおめ見えする（頭を出す）。

場合によっては「まさか、そんな事が」という時もある。

だから簡単に「子供を信じてる」だけでは済まないし、危険な時もあるから、日々の変化のシグナルや会話は大切だなと思う。

とはいえ、親も子供に色々と隠されては、見つける方は大変だ。

今回香里は、自分もいい歳だし、結婚するのは自分だからと相談、報告は先へと延ばした。

そして、新たなスタートを切った二人は、様々な時を重ね、遥川は会えない日はほぼ毎日電話をかけ、香里の気持ちを確かめた。

週に二回ぐらいのデートの日は、近くまで迎えに来て、彼氏と言わんばかりに送り迎えをし、食事の時は、香里が払うと言っても、

「どっちみち一緒になるんだから、払わなくていい」と言って男気も見せた。

そして、時折遥川が言う「妻君《つまぎみ》」という言われた事のない言葉に心は反応し、まだ妻ではない自分におままごとのような違和感を感じつつも、自然と結婚を意識させられた。

そして、遥川は外で見せるcoolな顔とは裏腹に、二人っきりになると、膝で甘えたり、私の腕枕の下に入り込んできて、「抱きしめて」とアピールしてきたり、うまく甘えられ、母性本能をくすぐられた。

そして伝える言葉も、純粋に臆する事なく、愛をぶつけてきた。

「妻にしたいと思ったのはあなただけ」

「俺の心を潤して」

「もう、離れられない、どうすればいい？」

「どこにいても、どんな人混みでも、あなたを見つけられる」

「そばにいるだけで安心する」

「何千年も昔にも、こうしていた気がする」

まだまだあるが、こんな甘い言葉を投げられれば、誰しも愛されてるなと感じてしまうことだろう。

警戒心や半信半疑の心は、徐々に薄れていった。だが、付き合って三ケ月の時、事件が起きた。

たまには大きな公園に行ってゆったり過ごしたいという話になった時、彼は公園は嫌がったが、私の機嫌が斜めになった事から、渋々か出かける事となった。だが、行ってはみたものの、会話も、「公園の何が楽しいの？」「さあ、どうしますか」「こういうの、めんどくさい」といった始末。

興味のない事には関心が薄すぎて、こちらも楽しくなくなりシラケムード。私もその態度にあきあきで、プラスアルファ将来に不安も感じた。どんなシーンでも楽しめる人じゃないな。っていうか、私、本当に楽しいのかな？　この人といて……。愛してるとか、そういうのがあっても「楽しいのか」には疑問が残った。

昔の彼とは公園に来たら、もっと笑い合ってた気がするな……。

斜めの方角を見ながら、彼から顔を逸らし、自分の過去と比較した。
私は、それまでの気持ちに一気にブレーキがかかり、言い知れぬ感覚に陥った。
「喉渇いたから、一本ジュース飲んだら帰ろう」そう伝えた。
（このジュースを一杯飲んで別れの杯にしよう。もうこれ以上、彼に踏み込まない）
そう決めたのだった。
私はジュースを二本買い、彼に渡した。
私は少し涙ぐんでしまったが、バレないように、空を見上げてごまかした。
彼はイラついた顔で、ジュースを飲んだ。
その時、偶然にもサッカーボールが転々と転がってきた。
そして三、四年生ぐらいの少年が叫んだ。
「すいません。ボール蹴って下さい」
彼はボールを拾い上げ、少年の方へと蹴飛ばした。
ボールはきれいな弧を描き、少年の元へと渡った。
彼は「懐かしいな。ちょっとだけ、一緒にやらせてもらおうかな」
そう言って少年の元へと走っていった。
「えっ、混ざるの？　大人が？　嫌がられるのでは？」
私は、彼の行動に驚いた。

この時、神は彼の味方をしたのかもしれない。

突然の絶妙なタイミングでのボールの乱入でその件は飛んだ。

たかがボール。されどボール、何がどう転ぶかは分からない。

気づけば、子供たちに溶け込み、彼らとサッカーを始めていた。

私は、その様子から気持ちがcoolダウンし、そして「私たちの子供ができたらこんな風に遊んでくれるのかな」なんて、単純に夢を描いた。

つい先程まで、別れを考えていたのに、何とも揺れ動く乙女心である。

「まだジュース、飲み干してなかったからね」自分に言い訳をし、判断を覆した。

遊び終わり、彼は先程の顔とは違っていた。

「久々に走って気持ち良かったけど、体力落ちてたな、ずいぶん。夏は、海にでも行って鍛えるかな」

「海か。焼けちゃいそうだなぁ」

「香里も来いよ。俺の肉体美、見せてやる」そう言って笑った。

「子供好きなの？」私は話を変えた。

「フフ。好きに決まってる。見てて分かるでしょ。俺も早く香里との子供が欲しい」

「だけどさ、遊ぶだけじゃなくて、子育てしないといけないんだよ。やってる姿は想像つかないなあ」と子供に対してどんな思考を持っているのか確認するかのように聞いた。

「大丈夫。何でも任せたらいい」

「でもさーー」

「シー」

遥川は口に手をやった。

「子供ができてからにして。その時に分かる」

期待させるような、不安になるような答えだった。

「シー」なんて遮られては、その先が聞きにくいし、普通の会話の中で、彼の中に眠っている深い思想に辿りつけないのが残念で、常に心は不完全燃焼だった。

とは言え、その後も遥川との交際は続いていった。

時は夏を迎え、海にも数回出掛けた。

彼は臆することもなくTシャツを脱ぎ捨て、なんとも美しい隆々たる筋肉美を披露した。

はっきり言って女子は、あんなもの見せられたら悩殺である。

憧れの代表格、イケメンに筋肉美に渋い声。海が太陽が、そよぐ風が水しぶきが全てが似合う。

あぁ……なんて、眩しい笑顔。マンガの世界か何かと勘違いしそうだ。

私の隣にいるのが、もったいないくらいに思えた。

まあ、それはさておき、周りを見渡すと、スタイルも良く、Sexyなかわいい女の子たちが自分の武器を露出し、ふんだんにアピールしていた。そうじゃないように見せて。

きっと男の子たちは、見た目ですでに悩殺させられている事でしょう。ちょっと優しくされたり、「にこっ」なんて笑われたり、かわいく甘えられたりでもしたら、中身そっちのけで、「好き」とか「彼女にしたい」などと思ってしまう事だろう。「海効果」だ。テンションも上がって、ノリノリのまま、恋へと走り出す。

彼は「少し泳いでくる」と言い、広大な海へと走り出した。

青い海に向かい何を想うのか。無邪気に泳いでみせる姿は、大人っぽく見えていた彼を二十四歳の年下の男に感じさせた。

しばらくして、思想ばかりにひたる自分につまらなさを感じ、私も海へと向かった。

私は人もうらやむsexy bodyではないので、上はTシャツで隠し、スカート型の水着で参戦した。

水着でドキッもさせられない。うん。申し訳ない。ともあれ私は塩水にひたった。

そしてちょろちょろっと泳ぎ、少したわむれ、髪も濡れ、化粧もとれ、ぐしゃぐしゃとなっている自分に気づき、慌てて、海を出た。

「もう、上がっちゃうの？」

「うん。いいよ、もっと泳いでて」と伝えると、バッグから大きなバスタオルを取り出し、フッと私の肩にかけてくれた。

そして私の横に座り、足を一つ投げ出し片足を曲げ、手を砂浜につき、サングラスをかけた。

私はその海を眺めながら、横たわる姿や横顔にドキッとさせられた。

カメラで色々な角度からパシャパシャと撮りたい気分だった。

昔は、写真家のように、きれいな花や、景色、人などを撮るのが好きだったので、ついその衝動にかられた様だ。

しばらくすると、その肖像の様な彼が動き出し、私の太ももを枕にし、寝そべった。

「あー太ももって……顔が……近い……」とても恥ずかしかったが、いかにも彼氏、彼女の様な憧れの一コマに感動した。

（今、現実を迎えている。やったー。でも、はずかしい）その言葉につきた。

振り返れば、昔は雑草の様な女の子だった私が、大人のラブロマンスみたいな事をしている。

二十七歳、羽山香里、こんな事でいちいちドキドキするなんて、恋愛経験がないわけではないがcoolで、大人っぽい恋愛となるとぎこちない。

それに引き替え彼は慣れた様子。そして様々な顔を持つ彼に、魅力を感じた。遥川颯太、二十四歳恐るべし。

するとと彼が「フフ」っと笑った。

「あっ何何？」すかさず聞いた。

「香里の表情見てると面白い」

私は思わず、口に手をやった。

「やだ。どんな顔してた？」

遥川は私の口から手を取り、自分の胸元へと持っていった。

「あっ」私は上を向いてはずかしそうに笑った。

「そういう顔」

「そういうことかー」彼は分かりやすく教えてくれた。

すると、「Tシャツ脱いでよ」と、要求をしてきた。

私にとって、最大のピンチである。

「やめてそれは……」

「何で？」

「残念な空気になるから」

「そんなの関係ないよ。水着が見たいから」

「水着はかわいいけど」

「あると思ってないからいいよ」

「……」

「大丈夫。そんな事で嫌いになったりしない」

「コンプレックスだもん」

「問題ない」

結局しぶしぶTシャツを脱いだ。

「うん。かわいいよ」と言って、チョンチョンと挨拶をしてきた。

「うーー」

遥川は一体どう思っているのだろう本当は。

そして、一言。

「サコツのラインがきれい」と。

鎖骨ねぇ……。まぁ、どこも褒められないよりましだけど、彼はなかなかの正直者である。Tシャツ脱がしたはいいものの、コメントに困ったことだろう。

隣の隣の彼女の胸が、うらやましく思えた。

しばらくすると、別の水着の女の子の方を見ているような気がしたので、

「他の子見てたでしょ。もう、そっちに行きたいなら行って！」

そう言って、自分のコンプレックスからのイライラを颯太に八つ当たりした。

「どいて」そう言って、彼を下ろしスタスタと歩いた。

彼は、「どうした?」と言って追っかけてきて言った。

「確かに他を見たけど、俺の彼女はお前だから。おい、勝手に怒るなよ」

「フーン。バーカ」そう言い残し車へ向かった。

遥川はこの時、香里の気の強さに気づいて、そこがまた気に入ったそうだ。

「どいて」そう言って、砂浜に頭を下ろされ、砂をかけられるといった行為をされた事がなかった為、あまりに新鮮で、自分を刺激したと。

そして、自分の心に深く入っていき、更に追いたくなったと語った。

遥川はMなのか。どこで人の心が動くか分からないものである。

そんなこんなの夏の一コマもありつつ、遥川との付き合いは半年続いていった。

私は、今の時点で、彼の何%が見えているのだろう。

時を重ねても彼の深さに辿り着けない。

こちらの理解が及ばない事も理由だろう。

そして、探ろうにも「今の俺をちゃんと見て」と言われ、目線をよくシフトさせられたものだ。

そんな中、遥川はついに意を決した。それは、月夜のきれいな真夏の夜だった。

仕事の後、家の近くの公園に呼び出された。

「俺たち、付き合って半年経つし、もう俺の親に会って欲しいんだけど、大丈夫だよね。香里と真剣に付き合ってきたから、もう俺に決めて欲しい。いつ、俺の親と会える？」

（これってプロポーズ？　でも、結婚して下さいではないから、違うか）と思いながらも、（ついに親という関門の話がきたか!!）と心新たにした。

「一回私を紹介するって事かな。それとも、結婚しようって事なのかな？」

私は聞き返した。さあ、どっち？

彼は言った。

「そうだな。一回、あなたを紹介するってことかな」

おー、そっちか。プロポーズではないようだ。

（まず、どんな子と付き合ってるか、親に見せたいってとこね。それでいて、結婚する気持ちで来るなら、来てほしいと言いたいところか？　私の結婚の意志を確かめた上での紹介って事だな）

「絶対付き合ってる人ですって紹介してね。結婚するとか言ったらビックリしちゃうし、この子じゃちょっと、とか思われるのも悲しいから。親だって言いたい事あるだろうし」

私は、「まだ、付き合ってるだけ」を強調した。

そして、直球で答えを突き付けられなかった事にホッとした。

「いいよ、分かった。とにかく、親に会いに来るんだね」

遥川は念押しをした。

「うん。行くよ」

彼は日時を取りつけ帰っていった。

（親に会いに来るって事は、もう俺に決めたって事だな）

この飄太のプラス思考は、大輪を回す力であり鍵となるのだった。


夏も終盤に入り、すがすがしいと感じる夏の朝を迎え、うだる様な真夏の日差しから解放された。

今日は遥川の親との初対面の日だ。

遥川のエスコートで彼の自宅へ招き入れられた。

「こんにちは。はじめまして」

「どうぞ、あがって来てー」奥の部屋から母親の声がした。

ガチャリ。お父さんが、ソファーに座りジロリと見ながら笑った。

「はじめまして、羽山香里です。いつも、颯太さんにお世話になっています」

緊張しながらも、ペコッと頭を下げ、右耳に髪をかけ、後ろにやった。

「颯太の彼女さんか。お世話になってるね。どうぞ座って。さぁ」

「あ、ハイ」

「どんな子が来るのか楽しみにしてたよ。颯太が『結婚する相手だ』なんて言うからね」

「えっ、アッハハ」ハハハハ、私は笑顔でごまかした。

親には、すでに結婚する相手として伝えているなんて……！

しょっぱなから相手の親に否定するにも、どう言っていいものか言葉に詰まった。

「颯太は君に優しいかね？」

「あっはい。色々と引っ張ってってくれて、優しいです」

「そうですか。羽山さんは、どこ出身なの？」

そう言ってそこからは、私について色々と質問された。

そして、会話の途中で、奥でお茶菓子の用意をしていた母親が参戦してきた。

「はじめまして」お互い挨拶をかわし、向かいのソファーへと座った。

母親は話を聞いていたらしく、「そうね。いい子そうね」と、軽く言った。

（さっぱりしてるお母さんなのかな。自分の息子の事なのに、そんなに興味がないみたい。もし結婚したら姑になるわけだから、こちらの方がどんなお母さんなのか、興

味が沸いちゃう）

「颯太さんって小さい頃とか、どんなお子さんだったのですか」

と尋ねた。

母親が話そうとした時、颯太が話を遮った。

「小さい頃の話とか恥ずかしいから、やめといて」

（んー。せっかくの機会だったのに残念。だが、もう一押し）

「じゃあ高校の頃の話でもいいから、昔の颯太さんの話を聞いてみたいなぁ」

ちょっとずらして再度の質問。何とかエピソードを一つでも……。

母は言った。

「高校の時は少し荒れてたからねえ……」

「荒れてたわけじゃないよ。あなたと話をしなかっただけだし、俺の事は何も分かってないんだから、余計な事言うなよ」

私は、唖然とした。

（荒れてた？　あなたって、お母さんに……？　親にけっこう偉そうな態度？　男子は意外とこういうものか？　まだ若いから？）

意外な家族間の一面に戸惑った。

下手な質問が空気を濁した様だ。

するとお父さんが、「まぁまぁ、高校の時は多少ね。男の子だし。そりゃ言う事を聞かなくなる時期で、大人になる前には誰しもある事だよ」と、大きくまとめた。

「とにかく、あなたは話さなくていいから」と母親を蚊帳の外に追いやった。

意外な発言だったが「何かあるな」と思いつつも、触れずに事を収めた。

相変わらずお父さんは様々な質問をして、しまいには、「お似合いのカップルだ」と言い、嬉しそうに微笑んでいた。

私は自分の気持ちが本当にいいのかまとまっていない中でも、結婚に向かって話が進んでいってる事に、運命の流れを感じたのだけど、それでもやはり彼に対して「noと思ったら、その運命にも逆らって、列車をおりてやる！」とも思った。運命のせいにしたくもなかったし、自分でこの人だと決めたかったからだ。

一時間くらい挨拶を含め会話をしたのち、家をあとにし、近所の〝テリーS'喫茶〟へと向かった。

そして、二人は緊張から開放され語り合った。

「親父、香里の事、すごく気に入ってたな。今頃、もう息子の嫁って言ってるよ」

「気に入ってくれたのは嬉しいんだけど、付き合ってる人って紹介するって言ったじゃん。結婚する人って伝えたら、そりゃその気になっちゃうでしょ。それはまずいよ」

「今の香里がどんな気持ちでも、行き着く先はもう決まってるって言ったでしょ。あなたは俺の事選ぶし、もう選んでるよ。今日、親に会いに来たって事はそういう事でしょ。何て言ってあなたを誘ったか覚えてる？」

「覚えてるけど、それは……」

「これ以上、時を重ねても同じ。あなたを愛してる気持ちはずっと変わらないし、もう、俺の心に住んでるんだからしょうがない。あなたの心にはまだ俺はいないの？」

「まだ中心部には住んでないよ。今は外壁を建設中かな。外壁に花が咲いたり、橋ができたり、ビルが建ったりはしてるけど、一等地は簡単に解放できないからさ」

「じゃあ、どうやったら解放するの？」

「んー。時の流れの中で、リンリンって心が鳴った時だよ。この人だ！　っていう鈴を、自分の中で感じてみたいの。そんな鈴があるならね。どこかに鳴るスイッチでもあるのかな？」

「だけど、鳴らずに待ちくたびれたら？」少し浮かない顔で聞いた。

「ずっと、気持ちは変わらないんでしょ。颯太くんの『ずっと』には、期限があるの？　ずっとって一生って事じゃないの？　その中でどっかで鳴ればいいじゃない？(笑)」

「あんまり待つのは嫌だな」

「いやなら諦めるって事じゃん」

「いや違う。だったらその前にその鈴、鳴らしに行けばいいんでしょ」

「フフフ。って事なの？（笑）」

その後、私は気になった母親との事を聞いてみた。

「そういえば何でお母さんの事、あなたって言うの？　かーさんとかさ、色々言い方あるのに。あなたって、ひどくない？」

「……」

「いつもは何て呼ぶの？」

「フッ。呼ばないよ。母さんなんて思ってないし」

「えっ、どういう事？」

「義母だよ。だからそんな風に呼びたくもない」

「そ、そうだったんだ、知らなかった。いつ聞いても普通の家庭としか言わなかったじゃん。そっか。ぜんぜん気づかず、ごめんね」

「いいよ、別に。本当の母親は、小一の時に出ていっちゃったからね。原因は親父の浮気かな。親父も悪いけど、かーさんもひどいよな。でも、子供のこと忘れて生きたら楽なんだろうな。あいつさ俺たち捨ててさ、別の男と結婚したんだって。だからさ、俺もあいつの事を忘れて生きてやったよ。小学校の時までは会いたかったけど、中学校入った頃には妙にむかついてきて、写真も全部捨ててやった。そして、思い出さない様に生きてきたし、今は会いたいとは思わないしね」

強がりなのか彼はそう言った。そして、

「今の義母さんは、俺が中二の時に来たんだよ。当然なかなか好きにはなれなかったよ。父さんの選んだ人だからと単純に認めろと言われて認められるわけないし。でも、今、この年になると、どっちでもいい。父さんは自身が選んだ人と一緒にいればいいし、俺は俺が選んだ人と一緒にいられればいい」

彼は、そう言って初めて家族の状況を話した。

「何で、もっと早く言ってくれなかったかな。何か、見方変わっちゃった」

「俺、それを狙って言ってはないよ。たまたまタイミング的に今になっちゃって」

「そんな大事な事、言わないつもりだったの？」

「それもないけど、言い辛かったから」

怒りと罪悪感と、様々な思いが入り混じった。

だから、あの態度だったのかとも納得がいった。

そして、辛い思いをしてきた分か、何故か守ってあげたい、優しくしてあげたいという気持ちがムクムクと湧いてきた。

私の中の母性本能がくすぐられたのである。

や、やばい、ドドドド……。心に、波が押し寄せたようだった。

辛い傷がみえたからか、私で癒やせられるならと思ったのだ。

私が、何故か彼に抱かれて、心が落ち着いた様に、私もその安らぎを与えてあげたい。

そんな力はないのかもしれない。けど、私を求めているのなら何かはしてあげられるはずだ。

だけど、ぬくぬくと両親揃って生活してきた私には本当の意味で、彼の気持ちに立って考える事は難しいのは間違いない。

彼は、長い時間と年数を、どのようにして寂しさを埋めたのか、親の都合はあったにしろ、二人で作っておきながら、子供ではないよそを見て、子供はどう親を捉えて、寂しさを埋めればよいのか。

神様に命をとられ、会いたくても会えないのは尚辛いが、生きているのに寂しい思いをさせられるのは、子供からしたら言葉には出さなくても、心奥深く不安や孤独、ジレンマを感じるものである。

様々な過ちのもとで夫婦は許しきれない事態だったのかもしれない。

ただ、親の離婚は子供に歪《ひず》みがくるのも現実である。

だからそうなった際は、より一層、子供に負担がかからないように努めないといけないんだろうなとも思う。

そこまでしたとしても、普通の家庭よりは歪みはくるのだから。

遥川さんの場合は詳しくは分からないが、できる範疇《はんちゅう》で想像しても切なかったのではと推測してしまう。細かく聞けば、きっと尚更だろう。

だが、私の思いとは裏腹に、遥川は極めて明るくつとめた。

「俺の過去はいいし、今の家庭環境も関係ない。これからの未来をどう生きていくかが、俺にとっては大事だから、早く俺は自分の思う通りに、生きていきたい。だから、俺の中では、もう明日にでも結婚したいって思ってる」そう言って笑った。

「ハハ、明日って……」

「明日にでも結婚できる、魔法の言葉がある。言っていいか」

「あっ、待って！　待って！」

突然言われるのは私にとって不都合だった。

「フフフ」彼は笑った。

そして、黙り込んだ。

私は、黙りながらも、ストローの紙をクルクルと指で丸めたり戻したりしている様子に、彼のジレンマを感じた。

私は、それに伴い、彼への愛おしさを感じた。こんな複雑な感情を与えてくれる人は今までやはりいなかった。きっとさっきの衝撃と共に、心の結界を破ってしまったのだろう。

そして、次第に心の奥の方がムクムクっと温かくなり、クルクルと回す彼のその手を、思わず握りたくなってしまった。

そして、私は思いのままに、彼の手を握った。

途端にドーパミンが弾けたのか、彼の笑う優しい顔と共にパーっと「何か」が弾け飛んだ。

ドクンドクンドックン。

「やっぱりこの人だ!!」

そう。ようやく私の心の鈴が鳴ったのである。「運命の人に間違いない」そう、確信した。

そして「何か」とは何だったのか。「慎重に」と抑圧していた感情だったのかもしれないし、鈴を守る為のシールドだったのかもしれない。

だが、時の流れが私をこの感情へと運んだ。

どこかで、何かのoneピースがずれていたら、果たして、この想いまで辿りつけたのだろうか。

日々のお互いの想いの行動や巡り合わせの連鎖が、この様な結果を招いたんだとそう思った。

そして、あとはもう（この人と思った以上、心を決めて進んでいくしかない）そう思った。

不安要素？　確かに解決していない。だが、そこだけにこだわったら進む事なんてできない。

自己回避能力が甘いのだろうか。だが、不安要素は現実にぶちあたった時に対処するしかない。

遥川は「ハッ」とした表情ののち、ジッと私の事を見つめた。

私はその眼差《まなざ》しに、思わず握っていた手を引っ込めた。

ドーパミンと視線のせいで、私の顔は赤かったのかもしれない。

顔全体が熱かった。

そして彼は、ニコっと笑い、ポケットに手をやった。そして、おもむろに紺色の小さいベルベットの箱をテーブルの上へと出し、その箱を開けた。

「三ケ月前からずっとあなたに渡す為に持ってたんだ。俺の気持ちは変わらないって言ったでしょ」

そう言ってboxから指輪を取り出し、私の方へ見せた。

それはプラチナの指輪で、星のダイヤが大小二個散りばめられたかわいらしい指輪だった。

「かわいいでしょ、これ。香里さんにあげる。俺はあなたと結婚したい。結婚してくれますか」

　直球のプロポーズだった。そして今、こうして指輪を差し出されている。

　私は指輪を見つめ、彼を見つめ、そしてついに、

「私もあなたのそばにいたい。よろしくお願いします」

と言った。

　そして、左手を指し出し、「私につけて、旦那様」と言って笑った。

　彼も微笑みながら、左手の薬指へと指輪をはめた。

「予言通りね。あなたは強い力で、私を引き寄せた」

「情熱の勝利だな」

「それだけで決めたと思う？」

「フフフ。直感を信じるだけだよ」

「ンー、そうだね」

「絶対に幸せにしてよ。約束!!」

「おう、約束！」

　こうして二人は、乗り込んだ列車から降りることなく、結婚というプレートまで辿

り着いた。

だが、その先は複雑で、幾多の道が広がっている。

そしてそこには、かなりの難関も潜んでいるらしい。だから、二人の心を一つにして進まないと、円や田愛までは遠いし、辿り着けない。

さぁ、ここからがスタートだ。進め！　まだ見ぬ未来へ……。

タイミングと決断

晴れてプロポーズを受けた香里は、以前のごとく、空を舞いそうな気分だった。

少女の頃から夢を見続けた「私の王子様」が、ようやく決まったのである。

別々の時空を旅して過ごし、そして出逢った。

一歩間違えば、出逢っていてもスレ違っていたこの関係。

あの時、杉山課長の何気ない日常の行動で呼んでくれた事、忘れ物をしてくれた事、あの偶然の功績は大きい。

あれは、神のいたずら？　それとも計らい？

恥ずかしさをおさえて、チャンスを摑みにいった私の勇気にも乾杯だ！

だがもし、この人が運命ならば、「あの時」を逃がしていても、また出逢い、結婚するチャンスは訪れていたのだろうか。

ただ、人生、時の巻き戻しと、二つの道を見ることはできないので、どこまでもその答えは出ない。

ただ選択して出てきた結果に、感謝や、一喜一憂するといった感じである。

ともあれ、まったく理想通りというわけではないが、夢や憧れが、現実に変わった瞬間である。

これからは、現実と向きあって進まないといけない。

時は九月。昔でいえば長月。少し肌寒い穏やかな空気の中、ピンクのカーディガンをはおり「cafe ユキチ」で七美と会った。

カランカラン、喫茶店の鈴の音が鳴った。

「ここ、ここ」手を振って呼ばれた。

「おひさしー。急に呼び出しって、何かあったの？」七美は聞いた。

「あったあった。けどさ、先に注文していい？」

「いいけど、何か嬉しそうだねェ」

「フフフ。ピンクの服で表現！」

「注文！　注文！　話し出しちゃったら、水で過ごさんといかんくなるから」

「すいません。コーラ、お願いします」先に注文をした。

「で、何？　何があったの？」

「っていうか、前さ、この人と思うまで、心を許しちゃいかんって言ってたでしょ。けど、その決壊が破れちゃったの」

「やだー！　本当に?!　遥川さんに決めたの？　三つも下だよ、まだまだ遊び足りなかったとか言い出しそうだし、付き合って八ケ月くらいじゃ、何が彼に潜んでるか分かんないよ」

「けどさ、心がさ、そばにいる人と認識してるし、私のペアみたいな感覚なんだよね。例えば、鍵と鍵穴とか、右の手袋と左の手袋のように、自分の片われの様な感じがするというか、そう、面白いでしょ。だけど、感覚を言葉で表現するならそんな感じなのよ」

「分かるけどさ。もう一回クールダウンしてみ」

「もう決めちゃったもん」

「決めちゃっても、また戻れるから、もう少し様子みた方がいいよ。一年以上付き合ってからにしたら？　八ケ月じゃ、早くない？」

「七美は、三年長くない？　三年付き合って、何でまだ決めないの？　長くなってズルズルなってタイミングがずれても困らない？　三年たっても決めない理由は？」

「まぁ、そうか。ゆっくり知っていけばいいと初めは思ってて、その後、結婚ってタイミングもあったけど色々考えてまた踏み込めなくて、その後、更に色々知ってしまっただけに、どうしようかってなってる」

「でしょ。どっちがよかったかって分からないじゃない？　私は、そう感じられた時に行くのがいい様な気がする。どっちみち一つの道しか見れないから。それに半年は短いかもしれないけど、もっと早い人もいるしさ。タイミングは自分で計らないと。

もちろん、人の話は聞かないって言ってる訳ではないよ。聞いたし、年齢的なものやお互いの気持ち面を考えた上で、いけるって思ったんだよ」

「おー、そっか。否定されても、そこまでムキになるって事は本気なんだね。ってことは、運命のお相手、決定って事ね！」

「Ye～s!! イエース！」

「遥川香里？」

「あっ、そうなっちゃう？（笑）」

二人は人生の変革を喜び合った。

船出を前に……

　時は流れ、プロポーズから二ケ月が過ぎた。その間、無事に私の両親の関門も突破し、会社や友人にも結婚報告をした。そして一同驚きはあったにしろ、みんな一様に祝福してくれた。

　一番驚いたのはやっぱり杉山課長。

「どんな人と結婚するの？」と聞かれ、「杉山課長の知っている方です」と言うと、

「俺の知り合い？　誰？」とまったく狐につままれた感じで、意味不明な様だった。

　そして「営業の遥川さんです」と言うと、「え?!　あの遥川さん？　どうして？　いつの間にそんな……」

「羽山さんと遥川さん？」と言っては、頭の中が繋がっていない様な反応だった。

「杉山課長のおかげで、課長がキューピーちゃんです」

　と、笑いながら言った。

「キューピー？　キューピーってキューピット？」そして、何かを回想し、

「あっ、もしかしてあの時？」

「あ、たぶんその時！」

「コピーを?」

「そうそう」そう言ってようやく通じたようだった。

そして、その時の事を杉山課長に話した。

「いやー、本当に驚いたね。僕の行動が君の人生を動かすなんて。たまには忘れ物をしてみるのもいいもんだな。幸せにやっていきなよ」と言い、嬉しそうに仕事へと戻っていった。

結婚式については、すぐには挙げない事にした。

早く結婚生活に入りたいという彼の気持ちを優先した。

籍を入れる日は十二月十二日。一、二、一、二と足並みを揃えてという意味合いでこの日に決めた。

決めなきゃいけないことはたくさんあった。

新しい住居、家具、日どり、間どり……。(それは住居か……)

日々慌ただしかった。


一方、遥川の方も準備を進めた。

ようやく思い通りに香里の心、時間、全てが手に入り男としても世帯を持つという事で、心が落ち着く状態となり、一歩上のステージへ上がったなと確信した。

「新しい生活が始まる。もう、どこにいるかも心配しなくていいな。香里の帰る家は俺の家なんだから。早く家も決めてしまおう。そしたら、すぐにでも引っ越せる」

彼は、親に預けてあった結婚資金の五十万円を受け取り、家捜しへと向かった。だが途中で、パチンコ店が目に入り、吸い込まれるように店内へと入った。

「ちょっと使う分ならいいか」

彼は、四万投入する結果となった。

「ちっ！　増やすつもりだったのに、あーしまった」

その後、物件捜しへと勤《いそ》しんだが、納得のいく家はなかった。

「また香里と捜しにくるか」

そう言って、収穫のないまま戻る事にした。

夕暮れになり、夜のネオンも灯りだした。

ちょうどその時、友達から連絡があり、少し話したのち、居酒屋で三人で食事をする事となった。

遥川は気分もよく、その流れからか飲食全てをおごった。

計一万二千円程度。

彼はほろ酔いで、気分もハイテンションな為、girlsのいるキャバクラに一時間くらい寄りたい気分になっていた。

二人は断わったのだが「自分が出すから」と言って彼らを強引に誘った。

「これを最後の夜の遊びとしようぜ」そう言って店内に足を踏み入れた。

女の人四人に囲まれ気分はよくなる一方、一時間のつもりが、気づくと延長して四時間も経っていた。

「もう帰りましょうよ」しかたなく店を出る事にした。

「お家計は五万二千円です」

（そんなに？）と思いつつも、

「これが最後だからいい」と言って、全額を一人で支払った。

計算すると、今日だけで一気に十万五千円程、使ってしまったのである。

「仕方ないな」彼はそう呟いた。

その後、時を変えて、遥川も、友人や知人に結婚報告をし、祝福の言葉を貰った。

ただ、遊び仲間の大山には違った。

「今付き合ってる女に、どうしても結婚したいって言われて、結婚する事になった」

と報告した。

大山は、「まじ、結婚するの?!　めっちゃ縛られるだけだぜ。結婚なんて」と言った。

大山は、同級生ではあるが二十一歳の時に結婚をし、子供がいるのにもかかわらず、一年で離婚を経験している男である。

体験談なだけに、真実味はあるが、みんながそう感じるとは限らないのに、結婚はこういうものだと語った。

「縛られたりしない。俺が言うこと聞かせるから」

「フフ、そうか。だったら結婚しても、飲み会とかあったら誘ってもいいのかよ」大山はあおった。

「いいよ、呼んで」

「だけど結婚してると、飲み会とか行くのも出づらいぜ」

「別に関係ない」

「おー、男らしいなあ。分かった分かった。じゃあ、飲み会やコンパがある時は連絡するよ。けどさ。女の『どこいるの？』とか面倒臭いよな。いちいち聞いてらんないし、ほっといてほしい」そう語った。

大山の人間性がどうかは別にして、誘惑の甘い罠の仕掛人になりかねない。

だが、遥川は時に、人により言葉を変え、違う顔を見せた。

ただ、この様な行動は周りから見れば、二枚舌三枚舌な人と見られ、のちのち生きていく上で大切な信用を失くし、へたなレッテルを貼られてしまう。

果たしてこの一貫性のなさは得策なのだろうか。

いや、のちの結果から見ればマイナスだろう。

見せかけ、かっこつけ、嘘は、ものの道理で、いつかは分からないが、いずれ重たくなって返ってくるものである。

ともあれ、この二ケ月、お互いに結婚に向けて慌ただしく動いていった。

そしてその後、結婚生活の考え方の方向性をお互い確認し、生きてく上で必要な、お金の管理の仕方などをすり合わせた。

お金。さぁ男女のmoney攻防だ。

当然、立場、考え方が違うので言い分も違ってくる。

結婚後は子供、イベント、病気、老後、など、とかく環境が変わり、何が起きるか分からないから、未来に向け、様々な備えをしないといけない。

そもそも甘い考えだと、多方面でつまづいてしまう。

結婚は同じ舟に乗る。舟の中身は色々あるが、舟はmoneyで、最低限の基盤がないと浮かんですらいられない。

そして、舟に乗ってしまったら、なかなか降りにくく、どの舟に乗るかでも、人生は変わるから、変な舟に乗ったら大変だ。

自分の未来と、未来の子供達も乗り込む舟である。

せめて、中堅ぐらいの荒波にも耐えられる舟には乗っていたい。

香里は、お金の覚悟と管理の仕方をどの様に考えているのか聞いた。

「お金？　生活費は全部俺が出すよ。とりあえず十九万あれば足りるでしょ。あなたの働いた分は、好きに使っていい」

「だけど、貯金もしたいから、給料いくら貰ってるか、私も教えるから教えて欲しいんだけど」

「知らなくていい。そこは俺が管理して貯めていくから」と言った。

男には言い分があるだろうが、一方だけ知ってて、一方は知らないではフェアではないし、見える化を嫌がるとはどういう事か。

そして、お金を持っていれば、どういう動きをするかも分からない。

自分の動向は見えるが、人の動向を見るのは皆無である。それは男女とも一緒である。

ただ、女の言い分としては、生活費だけ渡され、あとは男にお金を握られ、好き勝手でもされた日にはたまったものではない。自分も働いている時ならともかく、女は、子供ができた日には思うようには働けない。

そんな中で、生活費だけで貯金もさっぱり分からないでは、不安だし、飼い殺しされそうで、私にとっては地獄絵図も同然である。

だから、決して「そうですか」とは言えなかった。

「けどさ、男の人って持ってると使っちゃいそうじゃん。結婚してから、貯金とか勝手に使われると嫌なんだけど」と正直に言った。

「心配性だね。それとも、俺の事、信用してないの？」

「信用だけで進むなんて、険しいでしょ。のちのちお金でもめるのもイヤだし、お金だから、上手に管理しないと安定した生活は送れないもん」

「それも含めて、俺に付いてくるんじゃないの？」

「考え方を知らずに、ただ付いてくなんて、あなたが女だったら、それできるの？」

「じゃあ香里はどうしたいの？」

「あるだろう説はイヤなの、ちゃんと見える化したい」

遥川は少し考えて答えた。

「じゃあいいよ、それで」

私の心には希望が差し、遥川の顔つきは濁っていた。

きっと納得まではいかなかったのだろう。

だが、女と男では子供を産む分か、発想が違う。

女は弱い立場に立った時の事も考えている。

できれば、男の人が、その奥の深さを先に、当たり前の様に考えてくれ、かつ、それに実行が伴ったなら、様々な苦難も、円満に乗り越えられそうな気がする。威張るだけが男じゃない。

ともあれ、本当の理解でなさそうな所がひっかかる。

私は再度聞いた。この舟に乗るか降りるかのラストチャンスである。

降りた方が人生チャンスかもしれない。どっちがいい人生になるかは分からない。

「やっぱり自分のやり方でやっていきたい？　じゃあ私が信用だけして、ついていけばいい？」

私はあえて優しく言った。さあ彼はどちらを選択するのだろう。正統性か自我優先か。

すると「香里の考えの方が正しいから、あなたに合わせるよ。お金より、あなたが大事」

私は笑顔がこぼれた。

遥川は私の深い心の内を察知したのか、それとも、本当にそう思えたからだろうか。

私はこの舟を降りるラストチャンスを捨て、「遥川颯太船」に乗る乗車切符を手にした。

私は切符と未来と希望と愛を胸に、その舟へと乗り込んだ。

舟は二人を乗せ、ゆらゆらと動き出し、ハートのライトを灯らせ川から大海へと向かって行った。

だが香里はその時、気づかなかった。
舟の底には暗く青い光も一緒に灯っていた事を。

月が空に昇り海を穏やかに照らした。

結婚生活

今日は十二月十二日、新たな生活が始まる。

私たちは市役所へと向かい、ついに婚姻届を提出した。

物語や夢話から現実へ。物語は大体出逢うまでで、その先の事はそちらの空想の世界でどうぞという中、そこが物語と実世界は大きく違う。

「今日からは夢ではなくrealを旅するのね。空想よりワクワクするわ」

「遥川香里になったんだな。もう俺の奥さんだ」

そう言って、ぎゅっと肩を抱いた。

「俺たちの城へ一緒に帰ろう」

彼も心が浮かれてる感じがして、臭い言葉だったが、嬉しかった。

そして、家に帰っても愛は燃え上がる一方だった。

「愛してる。愛してる」と愛を注がれれば注がれる程、私を熱くした。

私は改めて彼に感謝した。私の心を奪ってくれた事を。

そして、天にも昇る想いで、彼の事を愛した。

激しく愛するこの感情は、バラをくわえ眠らずにカルメンダンスを踊る踊り子の様だった。

こんなに、愛し、愛される関係は、私が遭遇した事の無い深みへと連れて行った。

そして、次の日目が覚めたら、彼が横でいびきをかきながらとぼけた顔で寝ていた。

小さい頃から憧れ続けた王子が現物王子に代わり、食事をし、触れ合って、今こうして眠っている。

彷徨《さまよ》っていた想いが、一点を見つけて、くるくると回り出し、そこには花が舞い、音符が弾け、柔らかなピンク色の濃霧を漂わし、風と共に立ち昇っていく……そんな気分を感じて、思わず抱きつき、キスをした。

彼は、ゆすられ起きたのか、目をつむったまま「にこり」と笑った。

しばしの休息ののち、新たな一日がスタートした。

ここからは、これが日常になっていく。

香里と颯太は会社へと急いだ。

こうして、浮かれた新婚生活は、日々、様々な事が起こりつつも、情熱的な一ケ月が過ぎ、更に三ケ月が経過していった。

四ケ月目の不満

その頃には、結婚生活や相手にも慣れ、ドキドキした気持ちや新鮮さも、慣れによって薄れていった。

新鮮さは新しいから、新鮮なだけで、回数を追うごとに経験値が増え薄くなっていく。

そして、次第にパターン化される。

三、四ケ月が一つの節目なのかもしれない。

そして、その頃になると、生活する中で、ポロポロと相手の考えや性格が露呈していく。

とはいえ「えっ」と思っても、許される範囲ならば、驚きや発見があって、それはそれで面白い。

様は捉え方の問題だろう。

そういう一面も含め、次は「情」の方が、だんだんと深くなっていく。

彼は、慣れてくると意外と無口だった。

噛み合わない会話も、以前とは違い、喧嘩になりそうだし、慣れの為か、以前程には笑えない。

一例としては、

「友達の結婚式あるんだけど、行っていいかな」

「あなたが行ったところで、何か変わるの？」

「そういう問題じゃないでしょ。お祝いの席だから」

「だめだよっていっても行くんでしょ」

「んー、行くと思うけど……」

「じゃあ、何で聞くの？」

何気ない会話のつもりだろうけど、テンションが下がる。

もう一例。

「何か夜ご飯食べたいものある？」

単なる何気ない会話だ。

普通に返答してほしいだけである。なのに、

「何も浮かばないなら作らなくていいよ。外に食べに行けばいい」

なんだろう。この会話のズレ。私の心を先読みしての返答なのか、憶測で、余分な事を言ってくる。

そんな事思ってないのに。

「何が食べたいか、聞いただけだよ」

「何が作れるか分からないから答えにくい」

ひねくれているのか、聞きたい答えが再度返ってこない。

更に話したところで、テンションが下がりそうだし、それ以上話すのをやめた。

このように、会話のズレが面倒臭いなあとか、何か怒れるという不満に変わったのだ。

そして、そういう想いは伝わるのか、時に空気が重たくなったが、かといって向こうは、何がいけなかったんだろうと考えるわけでもない。

他にも気になる点が目についてきた。

食べたら食べっぱなし、靴下もクルってなって、適当に転がしてある。ズボンは抜け殻の様に型どって脱ぎ捨てられ、更に服も荷物もいたるところに投げ捨てられている。歯磨きも水を流したままやる事や、帰って来たら、疲れてか、そのままの格好で寝てしまったり、私にとって気になる事は多かった。そして言っても直らない。

だが、家で見せる姿はその人の本質だろう。結婚に安心し、私といることが日常で、私にも慣れてきて、隠す必要もなくなり、時の流れと共に変わったのだ。

だが、結婚して四ケ月、不満ばかり募らせるのはまだ早い。

当然人には色々な側面が眠ってるんだから、自分の知らなかった部分に気づくのは、長い結婚生活の中、出くわすに決まってる。いちいちそこで嫌になって我慢しなかったら、結婚なんてすぐに終わってしまう。

香里は自分の受け皿を大きくし、心に許す方法を取り入れた。うまくやっていきたいのなら、良かった事に捕われず、比較せず、事を進めないと。あと、私も人の事を言う前に、馴れ合いになっていたのだろう。しゃべり方や態度も昔とは違っていると颯太も感じているかもしれない。

香里は自分の態度を反省しながらも、「結婚の本質」を探りつつ、彼のいい所を見つめ、一部には目を伏せ、「情熱をもって彼につくそう。運命の人だから」と思い、彼との関係を、自分の心の捉え方を変える事で、不満を解消し、改善していこうと努める事にした。

だがある時、帰ってくるなり、少し不機嫌で、疲れている様な時があった。様子を見て、あまりしゃべらない様にし、しばらくして、「何かあったの?」と聞いてみた。

「別に何もないよ」

(そんな事ないでしょ)と思いつつも、話したくないのかと察し、深掘りもしなかった。

夜になり、

「ふーーー」

眠っている彼の横で、起きないように足を上げていると、彼が抱きついてきた。私に飽きたわけではないのだろうか。

そのまま抱きついて、眠るのかと思いきや、事に移りたい模様だった。

私の中で躊躇《ちゅうちょ》する気持ちが湧きあがった。

自分と相手の感情に板ばさみになったが、その日は彼に合わせるようにした。

その後、彼は満足し、眠りの床につこうとした。

だが私はやはり気になり、

「会社で何かあったの？」と聞いた。

「香里に説明したところで、何も変わらないから、話す必要はない」

（やっぱり何かあったんだ）

「話したら、問題点とか見つかるかもしれないし、人間、抱えるより、話す事で理解も深まるしストレスだって発散できるんじゃない？」

「家に帰ってまで、会社の話するのは、俺にとってストレスなんだよ」

「だけど、あなたに何か起きてるのに、妻が、何も知らないって変じゃん。いつも機嫌見て、察しろって事？　あなたの気分は置いといて、一人で笑って話しかけろとでも言うの？　そしたら、『一人で俺の気も知らず、あいつは……』って思うんじゃないの？　何？　秘密主義なの？」

「あー、もう、うるさいなぁ。そんな話いいから、寝てくれよ」

「だけどさー、じゃあ明日、話そうね、色々。おやすみ！」

「……」

どうしても会話がうまくいかない。

いや、発想が噛み合わない。

とはいえ、明日の事を思い、議題は持ち越した。

次の日の夜、間合いをみて、昨日の議題を持ち出した。

すると、「話したければ話すし、話したくなければ話さない。みんな人間そうでしょ。強制なんて、されたくない」

「そうなんだけど、そういう意味じゃなくて……」

言っても、無駄そうである。

「じゃあいいよ。分かったけど、機嫌悪そうなら察して話さない方がいい？」

「いや、君は君で好きに話せばいい」そう言った。

そんな の笑い草である。それは、私にとって無理があるし、もし、気分が悪かったとしたら、私が滑稽に写ると思うのだけど。

一体、この人何がしたいのか分からない。

「冗談言ってる？　私、真剣に話してんだけど」

　私が、言い返した事でか、

「君、おかしいよ」と言ってきた。

「は〜〜？」ちょっと、かなりやめてほしい。

　何故か、急に、おかしい呼ばわり。

「二人の中での話」なので、一体全体どうなのかジャッジしてくれる人がいない。すると、正論も何もなく向こうの言いたい放題である。言葉と法律を理解したジャッジャマン機器を誰か開発してほしい。

　あー、話もそれ、埒《らち》があかない。

　議題は持ち越しにした。

　一体、この人とどう楽しく、過ごしていけるのだろうか。

　不安と不満が胸をかすめる。

　だが、同じ舟に乗った上に、それらはさておき、愛してはいる。私の体の一部みたいに。微妙な空気感が漂いながらも、夜を迎えた。

　そしてこんな日は別の部屋で寝たいとも思ったが、逃げるみたいなので、同じベッドで眠った。

　そして私は、背中を向け、寝ようとしたが、向こうはこちらに向き直し、私を後ろから抱いた……。

怒ってるからやめて欲しいのに、とっても嬉しい。複雑な心境である。

向こうの方が上手なのか。私の愛が強いのか。

私の事を見透かしているのか。

私は穏やかな気分になり、気づいたら眠りについていた。

日々、大なり小なりあるにせよ、このような発想のズレから浮き沈みしながらも、結婚生活は続いていった。


そして結婚生活八ケ月目、事件は起こった。

今日は給料日、閑古鳥のこのお財布と、痺《しび》れを我慢しているこの心に潤いをもたらす日である。

私は内心、当然、楽しみにしていた。

「早く帰ってこないかなー」

ガチャリ。「あっ帰ってきた!!」

「おかえりー」帰ってきてそうそう、給料の話はいけない。

はやる気持ちは抑えた。

ご飯を食べ、風呂に入り、待てど暮らせどあちらから「給料貰ったよ」の話は出てこない。

忘れてんのか？　そんなはずないだろう。

それなら仕方ない。こちらから話を振った。

「ねー。今日、給料日だよね。どうだった？」嬉しそうに聞いた。

すると、

「今月は親の方にお金あげないといけないから、生活費五万円しか出せないけどいいか」と言われた。

（はー？　えーー?!　いいわけないじゃん。何いってんの？）心は叫んだ。

「どうした？　親に何があったの？　ていうか、給料いくら貰ったの？」

私はそう聞いたのだが、颯太はいつも自分の給料をいくら貰っているのかを言わない。

すでに約束違反状態ではあるが、イレギュラーな事を言ってきたので聞いた。

すると、「それは教えられないけど、五万でいいか聞いてる」

「いや、よくないよ」

当然の答えである。

「香里の給料あるじゃん。今月はそれでやってよ」

「親に何があったの？　何で話を逸らすの？」

「親が困ってる。それ以上、何が聞きたい？」

「それはさー、問題の大きさだよ。困ってるだけじゃ何も分かんないし、長く続く問題なのか、単発で済む話なのか。そのお金がないということは親の老後は大丈夫なのかとか心配になるじゃん。そう思わない？」私は正論をぶつけた。

するると、少し考えて、「二ケ月分だけ生活費、香里の方でお願いしたい。それ以外は大丈夫だから」

「何も話さずに、そのお願いだけは、ずるいと思うんだけど」

「俺と結婚してからのお金、貯めてんだろう。何かあった時に、使う為じゃなかったのかよ。今がそれだから、だから二ケ月、生活費、頼むよ。」

「そんなに言えない理由？」

「適当な理由を言ったとしても、理由を言えば信じられるの？」

「確かに……」って、そうじゃない。

「適当な理由じゃなく、本当の理由を言ってほしい」

「どこで嘘か本当か分かるの？」

「まぁ、いいから本当の理由言って」

「言わないいし、今月は渡さないから、香里は自分で出すしかない。どっちみち出すんだから、初めから気持ちよく出せば、こんな話にならない。よく考えてみて」

そう、言われた。

「……」

もう、一体、どの角度から話してる？　イレギュラー作ったの自分なのに何？　この一方通行。

そして、私は袋小路。プラス、「私が悪い」のレッテル。

確かに、恥ずかしい気持ちを察して、出してくれる良き妻を求めるのも分かるが、そんな、できた女でもなければ、その先の彼を信じて、「はいよ」と出せる度量もない。それどころか、（やだ、男なのに、私のお金、狙ってんの？）という疑念すら浮かんできたり、この先もこういうのが続くのではないか、うまくいって浮かせたお金を、自分で使うか貯めるのではないかという、うがった見方が浮かんでくるくらい、度量の狭い状態の私である。

いや、家計を揺らすわけだから、もっと誠意をもってきちんと話をしてくれればすぐにOKしたはず。

私から言わせれば、そっちの出方にだって問題があると思う。

だが、きっと彼は、自分より、私の出方しか気にしていない。私が「悪い、出さない、嫌な女」になっているはずだ。

はーー。やめてほしいが、答えは出さないといけないし、もう答えは出ている。

結果は、私は払わないといけないという答え。

未来預金、この先ちゃんとできるのか不安だよ。

だが、ここまで強気でこられると、信じて、気持ちよく出すしかない。

私は、考えた結果、彼の元へ行き、いい女を演じるわけではないが、自分の器を大きくする為にも、彼にとって思い通りの話を持っていった。

「よく考えたけど、分かりました。二ケ月出すけど、次はちゃんと理由と状況を言ってね。自分たちの未来の為にも私たちもお金、残しとかないと良くないし」

とっても正論を言い放った。

「分かってる」

そう言ったので、私もそれ以上は言わなかった。

けどさ、よくよく考えると、その後、ある事に気づいた。

一ケ月で十五万、二ケ月で三十万、それを生活費から出さないといけないってことは、颯太は貯金が三十万も無いって事か？

すると自分で貯めているって話はどこにいくのか、もしくは三十万プラス持ち金全部を、親の為に全て使うということか？

とにかくないから生活費から出すということは、彼はすでに「すってんてん」なのか？

給料も貯金も言わないから、答えが分からなかった。

私は七美に相談した。

まずは、お金の問題を話すと、第一声が、

「結婚八ケ月でそれって大丈夫？　給料言わない時点でやだし、問題あっても言わないのもいや」

「それに何を言ってもあげない、ってスタイルが頭にくるし、腹もたつ」

「今回一回で終わるかなぁ。ずーっと続いたら、私の貯金なくなるよ。なくなったらさー、いくら持ってるか分かんないから、不安で、子供なんて産みたいって思わなくなるよ」

「うーん」

「なるべく早く子供欲しいって思ってたのにさ」

「波風立つ事があったり、お金の動きが見えなくなると、ちょっと子供は待とうかってなっちゃうよね。安定しててこそ、動き出せるというか」

「そうそう」

「だけどさ、今の話だと、結局二ケ月後から、様子を見るしかないよ。不安に思ってもしょうがないし、本当の話と信じて、不安な様子も見せず、逆にその後は『信じてますよ』を見せた方が、いいんじゃない」

「いいねーそれ！　って難し～い。ワンランク上の女のできる技じゃない？」

「難しくてもやるしかないよ香里。こんな事ぐらいで、結婚がぐらつきたくないでしょ。信じてこそ、道は開ける!!」七美はもっともな顔をして言った。

「疑って、不安に思って、離婚になったら、愛の結晶は見れないよ。ところで、香里は颯太の事、今は愛してるの？」

「んー、かなりムカつく事も多いんだけど、愛してはいるみたい。単純に言うと、愛を注がれると『嬉しい』と感じるから」

「颯太の子が欲しい？」

「うん、その子に会いたいね」

「じゃあ、その未来の子供の為にも、今は踏ん張るしかないんじゃない？」

「こだわらず、信じて、待ちますか！」

「香里単純だねアハハ」

「いやいや、開眼すると早いって言って」

「とにかく進むしかない。頑張れ！」

そう言って新たな心理対策を胸に、この面を乗り切る方法を得たのだった。

その後、香里は二ケ月、彼を信じて生活費を出した。

その間、不安もイライラも少ししか起こらなかった。信じる事は難しいけれど、信じる事で起こるPowerは色々な事に打ち勝つんだと知った。

三ケ月目は結果が出る時だった。

果たして、そんな私を、喜ばせてくれるのか。

信じて待った分、期待は大きい。

給料日、「頼むから、私から言わせないでね」心でそう願った。

九時が過ぎ、十時になった。あと一時間で寝る時間だ。

一体、どういうつもりだろう。お金に汚い人なのだろうか。

そう思いたくはないが、心をよぎる。

実際「気持ちよく」出してくれないと面白くない。とどのつまり、結局イヤイヤ出したとしても、けちとか出しおしみしてるとか、決していい印象には映らない。

十時半、ついに、私の痺れも切れ、給料の話へと舵を切った。

「ねェ、今日、お給料日じゃない？」

「そうだけど、何？」

（はっ？　何って何？　心が、意味が分からない）心で思った。

「何で渡してくれないの？　渡すのもったいない？」

「そんなんじゃないよ」

「じゃあ、どういうつもり？　もったいないと思うくらいなら、渡さなくていい。結婚も終わりにしよう！」

思わず頭にきて、離婚の話になった。

当然、生活費を払わなければ離婚話は当たり前の話だが、もしや「女のお金で生活すればいい」や「何で男ばかり出さないといけないのだ」ぐらいに思っているのか？男なのに、そんな意気込みでは、家族を作って養なってなんて、できるわけがない。

彼は言った。

「もったいないじゃない。ただ納得できない」

「はーー？　何の納得よ」

どうせ、さっき考えた私の考えの事だろう。聞くまでもない。

「納得？　何の？　そこから説明がいるなんて、結婚をどんな風に考えてたの？　あなたは男で、家庭を持ったらどういうことか理解してなかったの？　千歩譲って、理解してなくてもいい。でも、お金に関しても約束のもとに結婚したんでしょ！　どこに置いてきた?!　その約束」

「……」

「私に返す言葉ある？」

「わかったよ、払うよ」彼は、生活費の十七万円を渡した。

二ケ月前より二万円少ない。どこいった。もう二万円。

私は彼を信じて待って、この結果の流れに、胸が震えた。

そして、つつーっと頬を涙がつたった。払えばいいってわけじゃない。

「私ね、あなたの子供がほしいと思っていたけど、もうやめにするね」

「どういう意味で言ってる？」

「十七万円もいりません。この先も」

「離婚か？」

「離婚よ！」

だが、慌てて彼は私の腕を摑み、

「子供欲しいって俺も思ってるよ。どうするの、その気持ちは」

イヤイヤイヤ。その気持ちを失わさせといて、何を言ってるのだ。

「俺、お金、払わないって言ってないし、今日だって持ってきただろう。納得できないって言っただけじゃないか」

「二万も少ないし、何が納得できないよ」

「それ以上、聞くな!!」

「はーーー？」

「今は、納得できてる」

の？」

「はーーー？　今は、私が納得できないいんだけど。考えが甘かったのに気づいた

「香里の子供に会いたいから、離婚なんて言ったりしないでくれ」

「じゃあ、お金、ちゃんと渡さないと不安になって子供作れないよ。だから」

「渡す。渡す。ちゃんと先に渡すよ」

どうやら、やっと一見落着のようだが、ここまで言わないと分からないのか、分析すると、私との生活にお金を出すのはもったいないが、私との子供は欲しい。どんな心理状態？　分かる人がいたら聞きたいくらいだ。

私の舟は、乱航海となった。

moneyをけちられると、夢も計画もall急停止する。

病気で、舟が座礁したならばしょうがない。停泊してあらゆるアイテムを使い、修復活動に勤しめるが、「けちって」となると、船内で味方に砲撃を加えないといけなくなる。

お互いに傷ができた上に、疑念が残る。

それを洗い流すには、それ相応の時間と労力がかかり、完全には洗いきれない。

ただ彼の心に溜まった思いは膨れ上がり、吐き出さずにはいれなかったのだろう。

その後は、子供の話が出てからか、急に様子が変わった。

妙に優しくしたり、毎晩のように夜へ夜へと誘われた。

愛されてると感じると、人間優しくなれるもので、あの時の事を忘れたかのように、新婚当初のような気持ちが、彼方《かなた》から戻ってきた。

そしてmoneyの不安も、解消された。

給料日は自ら渡し、コンスタントに持ってきてくれるようになったのだ。

あの時のカウンターパンチ、確実に効いたようだ。

いつでも、振りかざすつもりはないが、ぼやけた心に、よい目薬となった。

そして、あんな嵐が起きた後の数ケ月後、私たちの間に小さな種が舞い降りた。

そう、二人の子供が、私のお腹に宿ったのである。

妊娠、出産

ある時、妊娠しているのではと感じた。「うっ！」と言って、洗面所やトイレに駆け込むというドラマの様なシーンではなかったが、期待の気持ちと、まさかの気持ちが交錯した。

「二十九年生きてきて、私は初めて体験する事実」

ああ、なんとも感慨深い。遥か昔からの互いの先祖のDNAがからみ合い、融合し、遥かに想像を越える神技で、人間が形成されていく。

私は約十ケ月の間、楽しく過ごし、おいしい物を食べながら栄養を摂り、お腹が大きくなる事に、ただ耐えている間にだ。

その間、赤ちゃんを触る事はない。ましてや、こういう子にという意志が反映できるわけではなく、多機能を全てにおいて、私が作ったとは、おこがましくて言い難《がた》いので、自然体にまかせて作られた、が正しい表現かもしれない。だがとにかく自分の体に宿った子。（大事に守っていかないと）と思う。って、まだ確定したわけではなかった。「ではないか」の段階だ。

今は薬局に行けば、判定してくれる道具が売っている。試してみようか。

揺れながら薬局へ向かう。

日頃、手に取らないものを手に取った。

いい大人なのに、少し気恥ずかしい。

初めて、男子がエロ本を買う気持ちとぜんぜん違うが、ほんの少し似ているのかもしれない。

そして家に帰り、妊娠検査薬を試した。

すると、うっすらと浮き上がった縦線が、くっきりの線に変わっていった。陽性である。

思わずお腹に手を当てた。

(私の体の中に愛する人との人間が存在してるなんて!)愛の結晶、新しい存在。喜びで心は舞い上がった。そして颯太の帰りがひどく待ち遠しかった。

そして彼の帰宅後、ついに切り出した。

「ねー、ちょっとこっち来て」

「何?」

「いいから」

彼が近づいた。私は彼に抱きつき、そして、胸越しに言った。

「子供ができたよ」

「えっ?」驚いた顔と、「嘘?」と言いながら、信じられないような、嬉しいような、そんな戸惑いの顔を見せた。

「サプライズのプレゼントです」

「本当に?!」

「やっときたよ。お父さんになるんだね」

彼は心が高鳴ったのか私に抱きつき、嬉しさを体で表現した。

この上ない一時の幸せに包まれた瞬間だった。次の運命の輪が回り出したようだ。

二人は喜びにひたった。

そして、時は流れ、お腹の子もすくすくと育っていった。

だが、始めは感動して、気づかってくれたものの、だんだんそれもなくなっていった。

飽き症なのだろうか。

私の妊娠の微妙に揺れる心境も知らずに……。

それどころか六ケ月目ぐらいになると会社の飲み会だ、用事だというのが増えだした。そして週に二、三回くらい行くようになり、妊婦の私をイライラさせた。

「何の飲み会?　何の用事?」

「会社の付き合いとか、仕事する上での色んな話だよ」

「前より回数多くない？　男の付き合いっていってもSAVEしてよ。あなただけずるい」

「今より給料欲しいだろ。だから、頑張ってるんじゃないか」

「だけど、私にくれる生活費変わってないよ、何か変わったの？」

「変わったよ、俺の方が貯金してるから、分からないだけだろ」

「そんなのは教えてくれないから分かんないじゃん」

「心配しなくてもいいから、子供の事だけ考えて。お金は俺がしっかりやるから」

そう言われても、納得もいかなかった。

だが、自分の体、お腹は大きくなる一方で身動きしづらいし、心は不安やら葛藤で大きく揺れた。

八ケ月目に入った頃、彼の方から、「日曜日も働きに行く」と言われた。

私的には、働くより一緒にいてほしかった。

だって、いつ産まれるのかも不安だし、お金増えたって実感させてくれるわけでもないし、やめてほしかった。

すると「俺の働く気をそぐつもりか」と言って怒られた。いかにも、私と、子供たちの為に頑張りたいという感じだった。

私は、それ以上言う事ができず、「お仕事頑張ってね」と、言うしかなく、日曜日も見送る形となった。

平日の遅い帰宅も週三回ぐらいは変わらず、「何か変だな」と思いつつも、帰ると多少私を心配し、優しかったので、心は落ち着いた。

そんなこんなで十ケ月が過ぎ、出産を迎える事になった。

初めての出産は、衝撃の宝庫だった。何という痛み、腰が砕けそうな挙げ句、何度も押し寄せる陣痛の波。

とにかく産み落とさない限り終われないという、逃げ場のない先の見えない戦いだった。

踏ん張らないといけないという強い想いで、何回も踏ん張り、後半の体力が無くなっている状態で、まだ痛みに耐え、しまいには死にそうなくらい体力も衰えた。

「誰か、誰か助けて。誰か、かわってくれー、早くー」

悲しいかな、誰も代用がきかない。あー私が頑張るしかないなんて。

また痛みがくるー。どうしよう……。

早く終わりたい。あれから何時間たってるのか、気が遠くなる。

このまま出なかったら……。

「はい！　タイミングを合わせて！」

いてって。

「はい、いきんでー」

「んーーんーんー!!」

「出ないなぁ」

先生の言葉にがっかりする。

頼む、誰か何とかしてほしい。

「んーーーーーーーー!」

数十秒間、息が切れそうな程、ケンシロウのごとく力を入れた。そして、「おぎゃー」私からすると死にものぐるいの戦いだった。

妊娠中なのに？　だからか？

その四ケ月前、ちょうど香里の妊娠五ケ月の時だった。

颯太は以前話していた友達の大山と居酒屋にいた。今日は合コンである。

香里の事は多少気になったが、久々の合コンのお誘いだったし、断わるという気持ちより、たまにはいいだろう。楽しみたいという気持ちだった。

男同士、七時待ち合わせの七時半START!

「おー、元気してたかよ。結婚生活どう？　頑張ってんの？」

「あー、順調だよ。うまくいってる」

「フーン、そうか。誘っちゃったけど、合コンに来て大丈夫か」

「何が？　問題ない。ただ、女の子と話するだけだし、特にそんな気は……」と言って、思わずにやにやと笑っていた。

「お前笑ってんじゃん、その顔。どうするの？　かわいい子いたら」

「しゃべるだけだよ」

「今日、めっちゃかわいい子、用意しといてって言ったから、絶対にいると思うけど、もし、言い寄ってきたら？」

颯太は回想し、笑った。

「ヤバいなお前。やめといた方がよくない？」

「いい、問題ない。行こう」

「かわいい子いる」その言葉に、颯太の心と脳みそはすでに浮かれていた。

通常、合コンといえば出逢いの場で、大半は知らない異性に出逢い、いい人と恋人になりたい、いい関係を築きたいというのが目的だ。中には「妻がいるから楽しみたいだけ」という人もあるが、楽しんだ先、いい人がいれば何らかのいい関係を、と求める心が心の奥の本心に、潜んでいるのではと思う。

妻からすれば妻に言えないようないい関係なんて、いらないのである。

逆を言えば、夫からすれば、夫に言えないようないい関係なんて、いらないのと同じである。

もし本当に「楽しみたいだけ」という軽い気持ちだったとしても、そこには落とし穴がある。

「楽しむだけ」そのつもりで行ったけれど、自分好みで妻よりかわいくて優しくて面白くて、自分の事が好きといってくれる人に出逢ってしまったら？　きっと「そんな落とし穴があるなら、落ちてみたい」なんて考えの人もいるだろう。いや、かわいい子なんて五万といる。

でも、そこに落ちた暁には、代わりに妻を地獄に落とすほどの悲しみを与える。

そこに目をつぶり、自分の好きな様にやるのでは、人の事なんて考えてない自分勝手な人となってしまう。

加えて、「ばれないだろう。ばれなければいい。ばれたらばれた時。冷淡と言われようと、それでもいい」などと解釈をし、甘い享受を受けたがる人もいる。

人間、誘惑、甘い蜜には弱い生き物ではあるが、もう一たび、今一度、しっかり考えた方が吉なのではと思う。今はいいけれど、その先は吉と出るか凶と出るか分からないのだから。

バレた時には信頼をなくし、人を傷つける。

疑心暗鬼だって誕生するし、子供がいた時には子供にまで、歪みがくる。

「落とし穴、甘い誘惑にご用心」標語ができそうだ。

颯太は、深く考える事を避けた。

考えれば楽しめなくなるし、考えない方が楽だったから、全てに蓋をし、自分のやりたいようにやったのである。

帰ってからは何と言ったって？

「どこ行ってたの？」

「久々友達と飲んでたよ」

「高校の時の？　女の子とかいたの？」

「男たち三人だけでだよ。昔の話でもり上がったよ」

そんな具合にね。嘘で、相手を信じ込ませるといった結果となった。

合コンだったと真実を言えば、怒られ、勘ぐられ、重たい空気になるのは知っている。

だから、嘘をつくのだが、嘘をつくのは、やましい証拠。

聞かれれば聞かれる程、嘘で塗り固めるし、聞く人にはうるさく感じる。

颯太はその日、合コンで四人の女の子と会った。三対四の合コンだった。

好みの人がいれば、どう話してどう近づこうか、どんな展開が飛び出してくるのかワクワクである。

途中で「この出逢いに感謝！」なんて気分になったりして、盛り上がる。

さっそく、颯太はある女の子が気になった。きれいで、笑顔のかわいい、おしゃれな女子。

スタイルもよく、どうしてもその子と話してみたいと思った。

何気なさを装い、その女の子に話を振り、満面の笑みを見せた。

会話がトントン繋がった。颯太は嬉しくて鼻の下も伸び切っていたようだ。

そして、お酒も進み、それにより積極性も増した。

名前は美咲、洋服屋の店員さん。歳は二十六歳で、お酒の好きな女の子。甘え上手な、それでいて、色気を漂わす武器を持ち、自分の魅力を知っている女子だった。

その魅力に惹かれ、吸い寄せられたか、どの男も美咲と一番話したがった為、颯太は男達を邪魔に感じ、思い切って席を移動した。

彼女はびっくりしたが、まんざらでもない様子で、颯太の移動を受け入れた。

その時点で美咲の心には、自分に気がある事を確信していた。

その先も会話は弾んだが、颯太は妻がいる事を伝えた。

美咲は「えっ!?」と驚いたものの、彼の顔や、表情、積極性に少しずつ惹かれていった。

会は時間と共に進み、気持ちも打ち解け、それぞれの心に何かを残した。

彼女は言った。

「颯太君、奥さんいるって言ったけど、また暇な時に話したいから電話番号交換してもらっていいかな?」

好みの女に言われて断われる男は少ないと思うが、当然、颯太は「いいよ」と言って教えた。

しかもついでに耳元で、「また会いたい」と……。

彼女は口もとに手をやり、笑いながら、颯太の肩を叩いた。二人の笑顔に甘いムードが漂った。

そして女の子達も帰り、男たち同士で今日の会について話をした。

「どうだった？」大山が颯太に聞いた。

「楽しかったよ」

「お前、美咲ちゃんといい感じで話してたじゃん。連絡先とか交換した？」

「フフ、交換した」

「本当？　まじかお前。俺さー連絡先聞いたけど『誰にも教えてないからゴメン』って言われたぜー」

と言った。「本当？」颯太は驚いたのと同時に嬉しさで体が熱くなった。

「で、どうすんの、連絡するの？」

「分からない」

「分からないってお前……かっこつけんなよ、絶対連絡しそうだよ。まー、何かあったら教えてくれよ」

そう言って、颯太の肩を叩き、男たちも解散した。

男同士、別れたとたん、颯太は案の定、美咲に連絡をした。

彼女も待っていたかのように電話を取った。

二人は、まだ「好き」とまでは言わないものの、Sweetトークに酔いしれた。お互い気に入ってるというのはすでにお気づきだろう。そして、そして、「次回会う、約束の日」を、とりつけたのだった。

そんな流れがあった事も露知らず、香里は「おかえりーー」と、嬉しそうに迎え入れ、颯太は、何事もないように見せかけ、そして、やましさを抱えてのあの会話。

「グレー二重男」の誕生である。

颯太の心は香里の事より、本日の高揚の事で実は頭の中はいっぱいで、現実のこの会話は、どうやってさらっと脱け出そうか、「ばれないよな」そんな事ばかり考えた二重構造の中で会話をしていた。

高揚と秘密、虚偽と多少の罪悪感。

颯太は一日で一気に、色々なものを抱えた。

その後、颯太は布団の中で我に返った。どちらも現実だが、こちらが今の現実である。香里もいる。お腹の中には子供がいる。

大事な気持ちは変わらない。

「俺、悪い事したな」

香里が布団に入ってからは、少し反省の思いも含め、いつもより優しくした。

もし香里も事実を知ってるならば、悪かったといって優しくされるより「悪かった、もうしない」といって、連絡を取らず反省をし、襟を正してほしいところである。

自分の罪を軽くする為や、悪かった気持ちをごまかす為の、優しさなんて、うその優しさだから、いらないし、それどころかやめてほしい。

ただ、残念ながら、人の心の中のひだまではのぞけないから、事実やどんな思惑で、その行為をしているか分からない為、優しくされれば疑っていない分、素直にそれを受け入れてしまうのである。

悲しいかな、香里は颯太の優しさを愛情と受け止め、抱かれた。

颯太は、香里とお腹の子供を抱き、美咲を思い出し、眠りについた。

繙《ひもと》くと、美しくなく、醜い、バカみたいな話であるのにだ。

その後、颯太と美咲は連絡を取り合い、約束の日に会っていた。

美咲との事は新鮮で、又、香里とは違うタイプだったので、少しずつ惹かれていった。

もちろん美咲の方も、颯太の気を惹きたいが為に、おしゃれもし、かわいらしくしゃべり、ソフトタッチを繰り返し「あなたに気があります」をアピールした。

奥さんの事？

美咲にとっては、奥さんがいても、自分の事を好きになって欲しいという思いが先で、颯太の気持ちを惹く事が優先だった。

それどころかのちには、「奥さんより、私の方が愛されてるという位置に行きたい。奥さんに勝ちたい、いや、もう勝っている」そして、しまいには「奥さんから奪いたい」そんな想いだった。

人が不幸になる事より、自分が幸せになる事の方が最優先なのである。

もちろん、颯太には、そんな心の葛藤は見せない。

ただ少しずつ、色々な方法で、颯太の心を引っ張るのだった。

当然、想いがある中で、繰り広げられるその行動は、徐々にそちらの方へ移行していく。想いが、強ければ、強い程。

颯太は、いつしか心の中に美咲を入れた。

そして心の中に人が入ってなくても、男女となれば、そういう行為もついてくる。

それが、心の中に人が入ったとなれば、当然、そういう行為をする確率は高い。

颯太は出逢って一ケ月、ついに一線を越えてしまった。

当然、自分には妻子がいる。

だが、そんな事より、美咲と一線を越えてみたいという気持ちが最優先にされて、その中には、倫理や相手への配慮などは薄れ、ただただ自我の固まりになった。

だが心の曇りからか、様々な事が曇りだし、自分のやましさから逃れる為、香里に対しては距離を取る形となった。

ここで講釈。

誰だって一つより二つ、二つより三つが欲しいのは欲しい。

それは奥さんだって同じである。

けれど、夫婦になった以上、倫理により、そこは自分を律し、自分に抑制をつけ、一つを守る努力をしていかないと、共に楽しい生活なんて送ってはいけない。

自分は楽しんで一人には我慢させるの？

裏切った相手とどう心底笑い合えるの？

疑心を持たれて、気持ちよく生活できるの？

知った時の相手の気持ち考えた事あるの？

聞きたい。きっと答えないけど、きっと答えは持ってるはず。

「いけない！」

わかっていても、やってしまうのが人間の性《さが》なのか。性《さが》に従った行く末は、結局未来に自分が抱える負担となる。

性《さが》と倫理をバトルさせて、倫理優先に生きてく方が共に楽しく、心底笑い合い、信頼し合える関係を築いていけるのではないか。と思わずにはいられない。

多様化している社会、古い考えかもしれないが、大切な要素だと思う。

だが、結果、全てに蓋をし、颯太は人間の性に従った。

当然、その行為を行えば、心の天秤は、更に揺れ動く。

そちらにも情が湧く上に、どちらも更に現実になっていく。

相手も、自分の男という意識が強くなり、その為には相手の時間を奪い様々な武器を使い、自分を植えつけ、思考を誘引する。

それが、帰りが遅くなり、日曜日も、出勤する原因となった。

出勤？　これが出勤？（デートにね）がついている話じゃん。

その前にお金、発生してないから出勤じゃないし、逆に、デート代が出ていってるから厳密に言うならば「私と子供の為にデートに行って貯金を出費してくるよ。行ってきます」と言わないといけない。

は？　何してくれてるの？　何一つ香里にとってプラスになることはなく、しまいには怒られ、そんな人に「頑張ってね」と言わないといけなかった始末。マイナスしかなし。何が「香里の為」よ！　全てオレの為なのに、口だけはご立派。

知らないという事は、こういう事である。こういうバカみたいな話になってしまう。

知らなかったから、信じられたから、心は平和だった分、幸せだったのだろうか。

現実は思い込まされ、自分との時間が奪われ寂しい時間を過ごす結果となったのに。

だが自分の時間が取れた分、自分の好きな時間を過ごせたという側面はある。

だが、夫婦でありながら、自分だけの時間ばかり増えていったら幸せなのだろうか。

一人の時間が増えるのは悪くないが、理由にもよる。

他の女と会っていて、自分の自由時間が増えたなんて知った日には妻としては耐え難い。

他の女に行かれる方が悪いとも言うが、自分だけ相手の事を知らず、相手はこちらの状態を知って。秘密裏に彼を誘引するのでは、それはフェアではない。だが、所詮《しょせん》ぼやきだが……。

知る事は吉と出るか凶と出るか。

ただ、相手に負かされてばかりでは、切なすぎる。

香里は約半年近く、その様な状況に騙され続けた。その間に子供も産まれ、なんとなくぱっとしない家族三人での生活を送った。

半年もの間、気づかなかったのか？

その問いには、何かおかしいと思いつつも、信じていればこそ、疑いの目で見るという事をしなかった。

世間知らずな純粋な嫁といっても過言ではない。

だがある時、そう、子供が産まれて二ケ月が過ぎた頃、七美が、子供を見に、家へ遊びに来た時の事だった。

香里は、夫が遅くまで仕事をしてくる話や、日曜出勤になった事、会話が弾まない事、酔って「同僚の家《うち》で寝た」と言って午前九時過ぎに帰って来た事などを、少し愚痴るように話をした。

だが、七美の反応は意外なものだった。

「ねーそれって、颯太君、女いるんじゃない？」

「えっ！」香里は耳を疑った。

「ていうかさ、今までの流れ聞くと、絶対女いるよ。給料はちゃんと増えてんの？ その分は……」

「まだ、教えてくれてないから分からない。聞いてるけど『驚かせたいから待って』とか言われてさー。別に、そこの驚きいらないし、逆に早く安心がほしい、子供じみた事やめてほしいぐらい」

「いやいや香里、そういう問題じゃなくて。妻が妊娠中、浮気する男も多いらしいし、お金の事を言わない事態、普通じゃない」

「そんな、そんな、そうだけど、浮気なんて考えられない」

「いやいや、考えたくないだけで、よく考えて。態度とか動きとかおかしかったんじゃ?! お泊まりは同僚の家じゃなくて女の所だったんじゃない？ 言葉なんか簡単に信じちゃだめだよ。釣りとかも怪しいよ。魚釣りとか行っても、釣った魚を持ってきた事ないとかさー。ない？ そういう事」

「あー!! あったあった!! 釣り行くって、週末休みの日に夜釣りに行って釣れなかったって言って、帰ってきた事が三回程!!」顔が固まった。

「えっ？　嘘？　私が妊婦の時女がいたって事？　ってことは誰か別の女、抱いてるって事？」

香里の胸はその時ようやく波打ち、ざわざわと騒ぎ出した。

（いつから？　どんな女？　騙してた？　何考えてたの？　どういう思いで、私と子供に接してたの？　どのぐらいその女を愛してるの？　比較してたの？　二人で秘密抱えて楽しんでたの？）

一気に心に色々な思いが押し寄せた。

あーあ、胸が痛いけど怒りがこみあげる。許せない……。

顔は鬼瓦のように変形した。

「香里、まだ分かんないけど、はたから見ると彼は黒だよ」

「言葉にならない。なんか、目からウロコだわ。鼻から脳みそも出そう。ちょっと私、調べてみる。まずはケイタイから……。」低い声で言った。

そこからは、百八十度思考が変わり、初めて疑いの眼《まなこ》で颯太を見るようになった。

彼が寝てからは、今まで放置状態だった携帯に手を伸ばし、履歴を全て書き控えた。デリートで消した番号を探る為である。

態度は以前と同じように努めたが、それでも怒りがはしばしに表れ、「どうした？」

と心配された。それをごまかす事が大変な程、心の中は平常ではなかった様だ。

だが、まだ証拠が水上げされてるわけではない。

疑念が湧いているだけかもしれない。そう思い、心の修正に努めた。

そして、携帯会社から通話履歴を三ケ月分送付してもらい、そして、控えていた通話履歴と照合した。

(deleteで消した番号、それはおかしいはずだ。なぜ、消す必要があったのか、見られてはいけない理由があるからだろう)

香里は携帯に残っていた番号には蛍光ペンでマークをした。

すると、ペンで引けない同じ番号が何本も何本も浮かび上がった。

これだ。この番号（やっぱりdeleteで消していたのね)。

ショックだった。そして、放置された操り人形の様に座り込み、どれほど時が流れたのか、彼は黒なのだと認識した。

だが（かけてみないと女かどうか分かんない）そう思い直し、五時間も悩んだ末、思い切ってその番号にかけてみる事にした。

――プルルルル……

「はいもしもし……」

あっ女だ……。

「あっもしもし、河合さんの電話ですか」

とっさに嘘をついた。

「いえ、違いますけど」

「河合さんに、この番号聞いたけど違うんですか？」

「私は田代ですけど」

「そうですか間違えました。スイマセン」

ガチャン。思わず電話を切った。

だが、香里は女の苗字をgetした。田代か……。それが颯太の女。

妻子がいる事、知っていたのだろうか。いや、知らないはずがない。

子供がいるのも知ってて来るなんて、大した女だ。子供の未来をも踏みにじる嫌な女に思えた。

だが、香里から見たら嫌な女でも、颯太から見たら好きな女。

浮気をする嫌な男を怒れても愛してると感じてしまう様に、いびつな感情なのだろう。

とはいえ、いつからそんな関係に？　思い起こせば起こす程、おかしな態度が浮かんだ。

そして、見方を変え、「女がいたとすれば」をリンクさせ、想像すると（そういう事か！　だから、あの態度になるんだな）と、ようやく違和感の理由が一致した。

そして、どの時期からか調べる為、もう三ケ月遡って携帯会社に通話履歴を要求した。

今度は、その番号に線を引いた。時間帯を見ると、仕事の後、私にかけた前後、日曜日にTELと混在していた。

「……騙してたのね」

この半年という期間に、暗い影を落とした。

そして心は、妊婦で幸せだったはずの過去の私に、かわいそうな妊婦だったと認識させた。

決して悲劇のヒロインになりたかったわけではない。

ただ、裏を知り、現実と向き合わないと、空想で幸せにひたったところで、そこもまた虚しい。

だから、辛くても、現実を受け入れるしかなかった。

彼らは何らかの形で出逢い、夫はそのたび、やましい心とやましい顔をして帰り、そして、いつもと変わらぬ、私の表情や態度に、ホッと胸をなでおろし、何くわぬ顔で嘘を連発していた。そういう事だろう。

だから子供が産まれても、パッとしない生活だし、家に帰るのも重たくなるわけだ。

だが、確認は必要。動かぬ証拠がまだない。冷静に対応し、調べて証拠を出すという事が必要だ。

だけど、一体どんな女を抱いたの？

抱く？　今ももしかしたら抱いてる？

いくら疑問に思っても出てこない答え。

私は想像だが相手は体感している。「イヤー!!」嫉妬心と嫌悪感が湧いた。

突然子供がミルクなのかエンエンと泣きだした。

気分が悪い為、子供の泣き声ひとつにもイライラした。

心ここにあらず状態。とにかく子供をあやしたが、私のイライラを察知してるのかなかなか鳴きやまない。

いや、何故泣きやまないのか私が察知できない程、心は、二人の関係性の方へ向かっていた。

浮かぶのは、私にとっては心苦しい嫌なことの空想だが、二人にとっては幸せの瞬間。私は、「切なジレンマン」と遭遇した。

その後彼は、私にいつもと同じ様に装われ、態度、表情、言う事、全てにチェックをされた。

そして、今日にいたってはもう我慢できない。帰ってきたらついに爆発しそうだ……そこまでの感情に到達した。

　数時間後、夜十一時、颯太は帰宅し、香里は鬼の様な形相で出迎えた。

「どこいってたの?!」

「えっ？　会社の同僚と飲んでた」私の顔付きに、びっくりしていた。

「誰と？」尋問が始まった。

　すかさず答える。

「川口だよ。どうした？」

「川口に聞くよ」

「は？　何で？」逆質問。本当の話なら「いいよ」と言うはずなのに。

「いい、携帯貸して」

「何で貸すの？」

「今、飲んでたんでしょ。まだ、起きてるでしょ。かけて」

「いやだ。どうした？」

「ねぇ、誰かの番号、deleteで消してない？」

「誰の？」

「誰かの番号。消してるでしょ」

「……消してないよ」

あっ、嘘言ったな。香里は思った。

「田代。その人の番号、消してない？」

「田代？　誰？」心臓がドキドキしたに違いない。

「いい、じゃあ、ケイタイ見せて」

私は何とか携帯を取り上げた。彼はdeleteで消したから大丈夫ぐらいに思ったのだろう。

私は、部屋の奥へと携帯を持っていった。

そして、颯太が玄関でもたついてる中、ダイヤルを押した。

プルルル……（出てよ）心の中で叫んだ。

「はーい、どうした？」

女が出た。

「田代さん、あなたなんで、颯太に電話してくるの？　私、颯太の妻だけど、颯太に奥さんいるの知ってるよね」冷たく、だが、怒りを含んでいる口調で言った。

「…………」

「知ってるか、聞いてるんだけど」

「私たち、そういう関係じゃないです。ただの友達です」

「友達？　よく電話してるよね。何の用事があってかけてくるの？　二度と会ってもほしくないし、二度と電話もかけてこないでほしいんだけど」

「何か勘違いしてませんか」

「友達って言ったよね、友達なら名前言えるでしょ。あなたのフルネーム教えてよ」

「田代美咲です」名前をgetした。

「聞くけどさー、電話だけじゃなく会ったりもしてるよね」

「私たちは友達です。何度聞かれても、答えは同じだし、友達だから会うのは当たり前ですよね。勘違いしないでほしいです」

「は?! だったら……」

ツーツーツー。

あくまで友達と押し通した上で電話は切られた。よくもまぁそんな……。

再度、電話をかけた。だが、もう美咲は電話に出なかった。

颯太は、少しこわばりながら、怒ったような顔で聞いた。

「何を話した? 誰と話した?」

颯太の拳《こぶし》に少し「怖い」と感じつつも、言い返した。

「田代美咲って誰?」

「フフ。ただの友達だよ。元々森田の友達」

「前に合った森田くん?」

「そう。あいつと飲みに行った時にいて、少し話すようになっただけで、何も関係ない」

「いつ頃の話？　それ」

「三ケ月ぐらい前か？　あんまり覚えてない」

「だめだよそれ、いつだったかちゃんと思い出して、待つから」

「えー、いつって、やっぱり三ケ月前だったと……。」

「ふーん、ほんと？　その話に嘘はない？」

私は優しく質問をした。

私のその質問が、怒りが収まってきていると感じたのか、解答は、間違いないを強調した。

彼は、香里が携帯の履歴を六ケ月分前から取っている事を知らない。

結局〝嘘を言ってない〟は、嘘だったのである。

（うそつき!!）心の中で思った。

だが、香里は「まーいいわ」そう言って、あっさりとやり過ごしてみせた。

当然颯太はホッとした。

その後は、その話には触れず、香里は眠るふりをし、颯太は眠りについた。

香里は完全に眠ったのを、いびきと、身体に何かを当てても動かない具合で確認をし、携帯を開き、ある電話番号を探した。

さきほど話題に出た森田のTel番号だ。

急いで捜し出し、番号を控えた。

いやな女なのは分かっているが、確認をせずにはいられない。

森田に聞いたところで、いい結果でないのは分かっているが、颯太の嘘の深さも、知りたかったのだ。

この六ケ月、平気で嘘をついてたわけだから、嘘が板についていることだろうが。

だが、真実に近づく為に答えを捜し出したいと思った。

翌日、昼の時間帯、森田の番号へ電話をかけた。

「私、遥川颯太の妻ですけど、お久しぶりです」

まずは挨拶。

「颯太の奥さん？　こんにちは、元気でやってますか。お子さんも産まれたみたいで」

「そうですね。元気でやってまーす」

「今日は突然どうしたんですか」少しびっくりした様子。

「ちょっと聞きたいんだけど、以前田代美咲っていう人と、一緒に居酒屋で飲みました？」

「えっと、颯太が一緒に飲んだって言ったんですか？」ちょっとトークダウン。

「そういうわけじゃないけど、どういう子かなと思って」

「田代美咲って、すいません誰ですか。僕じゃ、ちょっと分からないです」

「知らないの？」

「どうしたんですか。僕も下手な事は言えないから」

「そうだよね。とにかく知ってるかだけ知りたくて」

「僕、何かまずい事言いました？」少し、動揺した。

「そんな事ないよ。突然ごめんね。ありがとう」

こうして、香里は電話を切った。

明るみに出たのは、颯太の嘘。結局希望は消え、暗雲のみが残った。あーあ。

バレたくなく、瞬時に取り繕った嘘は崩壊したのだった。

この仕打ち。決してこの先も幸せにひたれない。

感動も思い出も、全てを灰色に染めた颯太に、どうこれから接していけばいいのか。

そして夜を迎え、いつもより少し早く帰宅した颯太を、心の中は上がらない為、無愛想に迎え入れた。当然空気は重たくなり、葬式みたいな食事をし、颯太も分が悪いのか、お互い一言もしゃべらなかった。

そして食事も終わり、きれいに拭き上げたテーブルに颯太を呼んだ。

「ちょっと座って、大事な話があるから」

「何？　ここでいい」

「いい。ちょっと座って」

颯太はいやいや席に座った。

「あなた、嘘ついたね、昨日。何で嘘つくの？　言えない事してるからなんでしょ」

「嘘はついていない」

「嘘ついてないが嘘でしょ！　三ケ月前からなの？　違うでしょ！　携帯の履歴に六ケ月前からその女の番号のってるわよ！」

「……」

「何か言ったら？　森田と一緒の時にいたって？　森田君、その女知らないって言ったけど？」

「……」

「浮気してたんだね、その女と。そういう事でしょ。こんなに嘘ついて、デリートで番号消して、怪しくないならしないもんね」

「……」

「それに六ケ月前って……。何考えてるのあなた。子供も産まれてる中で、何やってんのよ。教えてよ!!」

怒りながら睨みながら、溜め息をつきながら相手を責めた。

醜い姿なのは分かるが、内なる感情をぶつける事しか香里にはできなかった。

「浮気じゃない。電話して時々相談しただけ」

「会った事は？」

「ない」

「嘘つかないで。女は四回ぐらい会っただけって言ってたよ」

香里はかまをかけた。

「ごめん、それぐらいは会った。けど、何もない」

「あのね、ないって言ったり、ごめんっていったり何それ。その女と、そんな話はしてない。それに六ケ月も連絡取り合ってて何もないわけないいじゃない。キスしたり、抱きあったり、お泊まりもしてたんでしょ。釣りって言って、夜も会ってたんでしょ。自分が一番よく知ってるよね。よく、私が妊婦の時にできたね。裏切り者。よくその手で子供触れたね。信じていたのに」

言いたい心のつかえを言って罵倒した。

だが、颯太はついに自分のやってることを棚に上げ、言われた事に怒り出した。女の話を交えながら……。

「それで？　会ってたら何なんだよ。浮気？　そんなもんじゃないよ。何度も浮気じゃないって言っているだろう。聞いて驚くなよ！　本気。本気なんだヨ!!」

「……」

「驚いたか？　これでいいか」

「認めるんだよね。本気って、そんな深い間柄になってたって事ね」

売り言葉に買い言葉だったのかもしれない。だが私の心は心臓に塩を塗ったように傷ついた。

これからの自分と子供との将来と生活の事、一気にその一言で不安が駆け巡り、一気に奈落の底に落とされたのだった。

「その女と話させて」

「できない」

「は？　もう、バレたんだからいいじゃん。何？　言わずにその女、守るつもり？」

「そう」

「私とは離婚するって事？」

「そう」

「ふーん」そう言って淡々と話す颯太に、全てを打ち砕かれたが、横で無邪気に、アーアーと言って遊んでいる我が子の姿に目をやり、悔しさと切なさと、かわいそうな自分に胸が張り裂けそうになり、我慢していた涙がこぼれ、そして、声を出して泣いた。

愛が綻びを、生活が目隠しを、運命がその心を……

そんなことがあろうとも、日常は続く。

昨夜の修羅場を潜りながら、決着のつかないまま朝を迎えた。

以前迎えた朝は、浮き足立ち、バラが咲いているような日々だったのに、今はドンヨリーヌが隣にいる。

あんな事がなければ、今日も優しい気持ちで、子供に接してあげられたのに……。

心の安定があってこそ、子供にも心からのいい笑顔が向けてあげられるのだと気づいた。

香里の産んだ子供は、男の子で、名前は拓人と名付けた。

私は、もし本当にこのまま離婚になったら、この子を連れてどう生きていくのだろうかと疑問を持った。

颯太からしたら、私への不満もあったかもしれない。

「だから」と、言いたいのかもしれないが、不満があればちゃんと言えばいい。別の女とコソコソと会って解消するなんて、ずるすぎる。自分がやられれば何というだろうか。

そもそも「結婚が何か」を理解《わかっ》て、結婚してないか、そもそも、結婚に対する捉え方が違ったようだ。

ただ、このままではいけない。子供がいる以上、考え方を変えない限り、子供は淋しい思いをするという事、ここは颯太によくよく考えてほしいところだ。

香里は、それでも離婚になったら……と想像した。

夫の帰ってこない家、赤ちゃんと二人。卓袱《ちゃぶ》台《だい》に白いご飯が目に浮かぶ。

淋しい上に小さな生活、絶対に嫌だなあ。生活費はどうするんだろう。預けて、私が働くにも赤ちゃんと連盟組んでいるのでやりづらい。実家？　実家も、転がりこまれたら困るし、老後の事もあるので帰れない。

「その先は？」養育費は世の男たちは途中でやめるとよく聞くけれど、ひどい話だ。

だが途中でやめられたらどうなる？

頭の中は、様々な想像でグルグル回った。

香里は自分の心に沸き上がる感情を整理してみる事にした。

一番強く感じたのは嫉妬心だった。

私の感じた「運命の人」。身の一部くらいに愛し、意識としては私のゝ者という思い。

所有物ではないけど。

決して、他の女に指先ひとつ、まつ毛すらも触れて欲しくもない。

逆に颯太が他の女の人の髪や肩に触れてる姿もイヤ。

それなのに、それ以上に、大人の関係（キス、抱擁、sex、デート、秘密の共有、未来予想図、お互いを思いあう心）を展開してるなんて、どれだけ嫌か。颯太の心も体も時間もお金も、子供から父親を奪っていくその女に嫌悪感を抱いた。

嫉妬心はエゴの固まりで、醜いのは分かっている。

けれど、愛していれば、ましてや、家を守ろうとすれば、尚の事、嫉妬心は強くなる。それは、香里の愛の証拠だった。

昔は「浮気したら即離婚」って言ってたけど、人はいざその時になってみないと分からない。

いざ現実にされると、そういう訳にはいかなかった。

生活の基盤も揺らぐ為、私は「自分が、我慢してでも、女と別れさせる」という方向へと舵を切った。

こうして香里の中で見えざる敵とのいびつな戦いが始まった。

まずは人物捜し。

どこのどんな女なんだろう、年齢や顔、性格や職業は？

どこに住んでる？　どう見つけたらいい？

情報の少ない中、考えた。

「尾行？」四六時中貼り付くのは難しいなあ。

「GPS？」バレたら殴られるかも。

「探偵？」四十五万ぐらいかかるっていうし、今の生活水準では難しい。

どの選択肢も、これだというのがない。う～ん。

近くにいるのに遠い存在に感じた。

とにかく証拠さえあれば展開は変わるのに、選べないから進まなかった。

とにかく電話しよう。思いつくまま、相手に電話をかけた。

プルルルル。

「はい」

「あの、颯太の妻ですけど、友達なら疑念を晴らす為にも私と会って話をしてほしいんですけど」

「友達だけど、関係ないからそれはできないです」

「じゃあ、二度と友達としても夫に会わないでもらえますか」

「いえ、友達として会います」

「付き合うって言葉がなくても、妻がいる相手と肉体関係があったり泊まらせたりしたら、友達じゃすまないと分かりますよね。忠告した上で会ってるのが分かった時には、慰謝料たっぷりと頂きますよ」

「ハー」彼女は溜め息をつき、プツリと電話を切った。

女同士のちょっとした修羅場だったが、女は反省の色もない様子だった。

香里は再度電話したが出ず、二日後に電話をした時はコメントはこうだった。

「現在この番号は使われておりません。番号をお確かめ……」

携帯をすでに替えていた。

「あっ！……」

こうして香里は、数少ない情報を失ったのだった。

当然颯太は、新しい連絡先も知っているのだろう。

遅く、十二時過ぎに帰ってきて、そう思った。

そしてお互い色々な事を考え、話す事はなかった。

当然、そんな話が夫婦のまん中にあればうまくいくはずも、楽しい話になる事もなく、子供まで宙に浮いて、主役にもなれず、冷たい空気の中、かわいそうだった。

こんな話がなければ、今頃、子供を中心に笑っていたのかもしれないのに、残念だし、きちんと愛情が向けれないなら、産まれてきた子に失礼だと思った。いい大人なのに、それを気づいてあげられない。

それに結婚して、子供もいるのに、独身貴族なんてかっこいいとは言いがたかった。

自分の好きな様に、やりたい様に生きるのは、子供っぽいし、人の事を思いやり、自分の気持ちをSAVEし、コントロールできてこそ、ちゃんとした大人と言えると思う。

みんながちゃんとした大人になれば虐待もなくなるし、優しく慈しむ心や責任感がある人が増えれば、良いバトンパスが次の世代にもできて、結果良い社会ができあがっていくんだと思う。

いくら知識があろうと、良いheartが育ってないと、良い社会は生み出せないと思う。

つい子供の話になると熱くなってしまうが、子供を通して社会全体が良くなる方法を、女の尻を追い掛け回すよりも考えてほしい。

そして、もし子供がいるのに、そんな女の尻ばかり追っかけている人が増えたら、社会全体がどうなるのかも想像してほしい。

もう一つ言うなら、「その逆を、たくさんの女の人が、男ばかり追いかけてたら……」を想像したら、どんな事態が起きるか、きっと分かるだろう。

とはいえきっと、この渦の中にいる限り、気持ちの晴れる日なんて訪れない。かといって、自分が別れたところで晴れるどころか曇るばかり。となると別れてもらってこそ、ようやく少し心が晴れるもの。

だが、その後、二ケ月、三ケ月と、どうしようもない曇りの日々が続き、気分は日に日に滅入っていった。

颯太にはこの三ケ月、怒って当たったり、淋しくて泣いたり、無視したり、愛してると伝えてみたり、子供を引き合いに出したり、色々な事をやった。

しかし、女と別れる気配は一向になく、悪びれる様子もなかった。

それほど、私より相手の女を愛していたのだろう。更に子供がいるのに駄目だから私という女は完敗だ。

ならば、負けを認めて決着をつけるのが、先を見越せば幸せになれる方法なのかもしれない。

家に帰ってきているから、いいというわけではない。

そして、もう一つ大きな問題が起こった。

女の入れ知恵かどうか、私が探偵でも雇うかもしれないと危惧したのだろうか、颯太が急に給料を五万円しか入れなくなった。

とにかく怒ろうが何しようがくれなかった。

次の月もその次の月も、理由をつけ五万円だった。

この三ケ月、私から出た貯金は四十五万円ぐらい。

こんな事を繰り返されては、私の貯金はつきてしまう。

つきた先には何が待っているのか、考えただけでもぞっとする。

当然、こんな事態が起これば探偵なんて雇える状態ではなくなった。イヤ、今思えばもっと早く決断をし、雇っていたらよかったのかもしれない。

出し切らなかった自分のせいで、先手を打たれ、後手後手に回ってしまった。

この状態で颯太との未来はあるのか？

自問自答した。だが〝愛〟してるせいか、怒りより悲しさの方が強かった。バカである。

だが、心はともかく現実は貯金がつきた日には、愛だのどうこう言ってられない。子供を抱えているのだ。

泣いている迷っているだけではダメで、何らかの手を打たねば……。

四ケ月目の給料日。

颯太はやっぱり五万円だけ渡してきた。

私はついに離婚届に署名をし、全てを埋めて颯太に見せた。

「サインして。お金五万で何ができると思ってるの？　ふざけないで。離婚したいからそうしたんでしょ。あとこれ、離婚の条件。後は調停で。私、もう出ていくから。荷物は近いうちに取りに来ます」

「子供はどうするんだ」

「フン……。今更何子供の話を出してるの？　大事にもしなかったくせに」

「お前絶対離婚しないって言ったじゃないか」

「ハハハ。お金持ってこないのにどうやって生活するの」

「お前もお金貯めてたんだろ、そっちも出さないのはずるいだろ」

「バカじゃないの？　私はずるいことする為にお金貯めてたの？　どんな比較よ。拓人に、お父さんのいないない、兄弟のいない子にするのはしのびないけど、もうしょうがないよね」

「……俺も拓人に、兄弟をあげたいと思ってる。一人じゃかわいそうだ」

「ハハ。何を？　かわいそうにしてるのはあなたなのに、笑わせないで」

「……とにかく離婚はしない、明日、二十万持ってくるから、それでいいだろ」

「二十万持ってきたらいいと思うのが何も分かっちゃいない。そんな考えで生活が、成り立つと思ってるのが笑えるわ。女作ってしらっとそういう事して、やってけると思ってる？」

　しばらく時が流れ、決意したように言った。

「別れる。とにかく待って」

「覆水盆に返らずよ」

「何それ？　とにかく、この話は明日。余分な事考えず、あなたは子供の事考えて」

と言ってきた。

子供の事を考えずに行動していた自分が、よく人にその様な事を言えたもんだ。だが呆れながらも「別れる」と言ったその言葉に、曇りの心がスーっと晴れ渡るような、久々にカーテンを開き窓を開けた時のような、重い岩が長いこと乗っかっていたのを、やっと誰かが取り除いてくれた時のような、そんな気持ちになった。

そして闇からうっすらと、希望の光が見えた感覚になった。

香里は結局彼の動向を待った。

果たして信じていいものかどうか。

二日間、彼の帰りは遅く、朝方四時に帰宅した。

何をやっていたのか察するが、想像するに胸が痛い。

そして、二日目の朝方の彼は、堂々と私に抱きついてきた。

「別れてきたよ」と言わんばかりに。

別れてはきても、やる事はやってきたんだろうと思うと、心は抉られ悲しみが走ったが、ここで気分を害させてはとワンランク上の女の為にもぐっと堪え、嬉しさを優先し、心は揺れながらも抱きつき返した。

そして強く抱き合って眠った。

夫婦とは不思議なもの、私にとってはどんなに怒れていても、いると落ちつくのである。心は少し晴れ気分。

さて、どうしたものか。

覆水盆に返らずと言ったが、少し盆に戻った状態になっているではないか。

ただ、タオルで水を集め絞ったのか、水は以前より濁っている。それは果たして飲める状態なのだろうか。こちらの心一つなのかもしれない。ただ「ろ過」はやっぱり必要だろう。

次の日の夜、彼は何事もなかったように私に話しかけた。

昨日の夜、抱き合って眠った事で彼の中では許されたと思ったのだろう。

だがやられた方の女心はそんな単純ではない。

香理は普通に話したい反面、結果が気になり「ねェ、あの女とどうなったのかちゃんと話して」と尋ねた。

颯太の手が止まった。

「子供と遊ぶからその話やめてくれ」

「ちゃんと話す気はあるの、ないの？」

逸らす会話に詰め寄った。

「子供とちゃんと向きあう。それじゃダメか」

「子供とは向きあっても、別れていないはダメでしょ」

「男と女、そんな簡単に別れられると思うか？」

香里は一気にウワッと血の気が上がった。

それと同時に、手に取ったグラスを棚へと投げつけた。

ガシャン！

女のプライドを踏みにじられた事と、子供とは向きあって、私とは向き合わない。

その一言一言、短い言葉なのに私をいら立たせた。

彼はびっくりしたようで、

「何やってんの？　嘘だよ嘘、別れたよ。昨日」

と言った。

こんな時に変な嘘も、どこまでも噛み合わない、この会話もいらない。

素直に言いたくなかったのか、真実は藪の中におさめたかったのか、真意の程は分からないが、本当に疲れる。

「もう、女とも別れたから会わない。だから、これ以上、追及しないでくれ」

「そんな勝手な。それに、何をどう信じるの？」

「……」

「でしょ。信じられなくなる気持ち、分かるでしょ」

「けど、香里は信じて進むしかない。喧嘩したまま暮らすのか？　それに別れて、どうやって生きていけるんだ」

香里はハッとした。

「私が別れたら生きていけない事知ってて、そういう事やってるの。バレてもこういう現状だから大丈夫と思って女作ってたわけね。私の弱みを握っててていいね!!」

「いい、どっちを選ぶかはお前が決めて。とにかく、おれは女と別れた。三人でやっていきたいから」

香里にとっては、どちらも「茨《いばら》の道」だった。

分かっているのはもしそれでも別れて、お互いが別々の道を歩み、時が流れ、出逢いがあった時、颯太に子供がいて、あちらで家族を形成していると想像すると、自分の子供が不憫に思えて仕方なかった。

そうなると、自分の決断を悔みそうでもある。

そうすると必然的にも、やり直す方向で修正していくしかないのかなとは思う。

怒れてはいるものの、彼を取られたくないし愛してるわけだし、反発したところで、子供と二人、やっていける自信もない。

無言の私に、颯太は畳み掛けた。

「お前と海に行った日、覚えてるか？　あの時、俺、月に手をかざして月の中にお前を入れたよ。そして、その欠片《かけら》を、俺の中に入れたんだよ。お前は俺なくしてもう丸くはならない。俺が、その欠片を持ってる限り」

香里はあの日の月を思い出した。

香里にとってもあの日の月は思い出の月だった。

そう、満ちかけた月、私もしっかり覚えていたが、颯太が私との事を月に例えて考えていたなんて。

欠けても満ちる、何があっても終わる事はないくらいに。すごい覚悟なのかずるい例えなのか、まるで勾玉の考え方のようにも思えた。

私たちは、そういう関係なのだろうか。

メルヘンな発想から不思議な気持ちへと誘われ、現実の世界から彼の世界観へ引きずり込まれたような、縁とか見えない力の話をしてるような気持ちになり、そして、気持ちが過去へと一気にワープした。

その話が、こんなに考えさせられるなんて。

私をここまで運んだのは誰か。

私も望んだが、強く彼が引っ張ってきたから子供にも恵まれたわけで、そこにはすごく感謝している。

今は、確かに荒波だ。もし、ここで私が舟を降りたら、彼は、心に入れた欠片を捨てるだろう。

すると私は、突如、羅針盤を見失い、喪失感の中、経済なくして子供と生きていかないといけない。そう、無理だ。自分で生きていく自信がない事が選択肢を減らしていく……。

もう答えは八割以上見えていた。

香里は悔しいかな、颯太に聞いた。

「まだ、その欠片は、あなたの心の中にあるの？」

颯太は答えた。

「もう、心に入ってはなれない。あの時からずっとお前が心の中にある。それに、俺にとっても、お前がいないと丸になれない」

「じゃあ、女は何だったの？」

「ハハ。星」

「星？　星はいっぱいあるじゃん」

「いっぱいあっていい」

「いえいえ。もう、星なんていらない」

「星が寄ってくるから、しょうがないでしょ」

「星は寄ってこないよ。みんな距離たもってんじゃん」

「月は動いてくでしょ」

「動いても、ぶつからないじゃん」

「流れ星がたまに当たってくる」

「ぜんぜん面白くない。まだ、そういうことする気じゃん」

「いやいや、しないない、次はよける」

「ふーーん」

「ふーーんって信じないってこと?」

「信じても、信じてなくても、ついてかなきゃしょうがないでしょ」

「ハハ、俺の言った通りでしょ」

「イヤイヤ、むかつくからその言い方やめて。まだ許してないから、許せれるように、努力して。信じさせて」

颯太は、久々に思いっきり、いい笑顔で笑ってみせた。そして「横においで」と、私をイスに座らせ肩を抱いた。

そして、久々に子供を囲んで、割れた棚を横に三人で少し笑い合った。

こうして、真実は分からないが、颯太とやり直す事に決めた。とても対応としては甘い。

真実は、彼の行動を見ていくしかなかった。

三日、四日、一週間と経過し、また遅い日もあった。

「仕事で遅くなる」と言われたが、信頼のない疑念からか、「もしかしたら女と会ってるのでは？」と深読みし、イラッとさせた。

時折、七美が忙しい中、香里の家庭事情を聞いてくれた。

だが、アドバイスは意外にも優しくなく、心に塩を塗るかのように厳しいもので、「一度やる人は、二度目もやると思っといた方がいいかもしれない」

という事だった。

信じたいと願う香里の気持ちに水をさすようだったが、信じた後に、また裏切られた時の事を危惧して、言ってくれたのだろう。

それプラス、実は七美の恋愛にも問題があった事を聞かされた。

まだ結婚はしてないものの、付き合っている間での同じく男の浮気である。

あっちの男も、こっちの男も一体どうなってんだか。自分がされたら鬼の首取ったかのように怒るくせに。

七美のお相手の彼氏は、これで三度目の浮気だったという。バレたのが三度で、そうなるとバレていないのはいくつあるのか。

こりないというか傷ついてる人の気持ちおかまいなしの、平気というか。

香里は、七美に今後、彼とどうするのか尋ねた。

「今の状態で彼と未来なんて見れないよ。長く付き合ってきても、これだからどうしようもないよね」

「どうしようもなくて別れるの？」

「別れても一から恋愛だよー。五年になるから、別れるに別れにくい」

「いやいや、そういう問題でもないっしょ。結婚前ならまだ別の人とやり直せるし、それにこの先も女絡みで苦しむのが目に見えてるの、やじゃない？」

「やだけど、香里も私も状況似たようなものだよ。香里はまた別に女ができたら別れられるの？」

香里は自分に置き換え、連想した。

「ンー。子供もいるし、どの答え出すか分かんない」

「でしょー」

「あっ、でも、子供いなかったら別れてると思う」

「んー、そうなの？」

「そうだよ。たぶん」

と、かなり説得力のない返答をした。

そして、二人揃って頭をもたげ、深い溜め息を漏らした。

愛してるから心が痛む。愛してるから別れられない。

でも愛って何？　独占欲の塊？　愛の定義は人それぞれ違う。怒れるのに愛してるって、自分の中に相手が入ってるって事？

次は「単なる愛」だけではない「本物の愛」に、辿り着きたい。

回想中の中、七美は言った。

「とにかく彼も働いて、お金運んでくれるのも事実。ごちゃごちゃ考えずに子供と旦那にいい笑顔見せてあげて。そのうちに、状況がよくなるかもしれないし。何かあれば必ず尻尾《しっぽ》が出るから。尻尾が出た時に考えればいいんじゃない？」と……。

ごもっともな意見だった。

マイナスの自分の渦の中に入り込むところを、よい形でまとめてくれた。

分かっていても動き出せなかったが、人から言われると尚更効く。

疑念はあったが、そちらに思いっ切り舵を切る事にした。

疑念を持たず、尻尾を見つける。見つけるんじゃない。出てたら掴む。何度も頭で繰り返した。

すると常に様々な角度から偵察している疑心暗鬼の鬼が落ち着いていった。

それから数ケ月、気にしない為に、色々と気を配った。

常にきれいに心がけ、服装、メイクにも力を入れ、料理も前以上に心を込め、レパートリーを増やし、颯太の健康面も考えたレシピに挑んだ。

子供がいるからを理由に、少し散らかっていた部屋も、再度断捨離《だんしゃり》をし、颯太の心が離れないように優しくも心がけた。

　そのおかげか、心穏やかな日々を過ごすことができたのだった。

　当然、遅く帰る日もあったが、そこは本当に仕事と思い込むようにした。

　そして、子供ができたら給料と貯金額を言うという約束が、果たされてしなかったので、その話も打診したが断わられたけれども、追及をすると、そこから疑念が生まれるし、もしも貯金があまりにもなかったら驚くことになり、結果、喧嘩になったりするのも、この平穏を壊す事も怖かったので、（どのみち今、何かが分かったところで、ついていくしかないし、聞いたところで嫌な気持ちになるな）と思い、目にはシャッターをかけ、口には柵《さく》をかけた。聞きたがる心にはチェーンをかけ、お札を貼った。

　いわゆる先送りである。

　それと共に平穏を重視した、見えない女の努力の結晶とも言おう。それが功を奏したのか、拓人がちょうど一歳を迎えた次の日、颯太から「もう一人子供がほしい」という話が出た。

　だが、二人目も欲しかったが、あんな事があった中でそんな気分にすぐにはなれなかった。

　ただ、やっぱり「拓人には兄弟を」という思いがあるのでその意見には動揺した。

中にはいるんだよね。状況がどうであれ、突き進める人。

概念等に捉われないというか、時に羨ましくさえ感じる。

香里の状況を考えれば、二人目をと考える時点で、すでに甘い話なのかもしれない。

だが、心はブランコの様に揺れた。

相手が望んでいるし、私もいつかを望んでいる。

香里は考えた。お互いの気持ちが進まなかったり、タイミングが合わなければ子供に辿りつくのは難しいし、だからといって望んだ時に必ずできるという保障もない。

タイミングやら縁やら運やら、色々なものが絡んで授かる話。

深く考えたところで、今の状態では何がいい考え方か答えは出ない。

香里は、運を天に任せる事にした。

自分の感じる心に従い、そこを軸に出た結果を受けとめようと。

けど、もし子供ができた先、また同じような問題が繰り返されたら？　その時は分かってて産むのだから自分の責任。何があっても育てていこうという心積もりを持って、流れに従う事にした。

ともあれ、一人目の子の時と違い、すでに濁った渦の中に、自ら飛び込みに行くわけで、半分、自分の人生で、賭け事をしている感じでもあった。当然、よい方向へと願い、鍵を探しに向かうのだが、結果は、潜った人にしか分からない。

「いやいや、その状況なら、潜らない方が無難でしょ」

そう思う人もいるだろうが、香里は、「幸せの鍵」を求めて、そちらのコマを一つ進めた。この選択肢が第二の波の幕開けとなるのだった。

秘密の共有

颯太は夕暮れすぎの午後七時。

夜景がキラめく、高層ビルの十六階にいた。

周りは街が見渡せる大きなガラス張りの窓で、仕事帰りのスーツのまま、携帯を片手に、外を眺め、物思いに耽るように、ある人を待っていた。

奥のspaceでは、ピアノを演奏する女性が自分の音に酔いしれながら大きく揺れ、ゆるやかな美しい音色を奏でていた。

そう。ここは高級ホテルのBar兼レストラン。少し暗がりの大人の雰囲気の漂うお店だった。

ホールのボーイは、スラリと背が高く、髪はオールバックにした上でピシっとスーツを着こなし、場の雰囲気をおしゃれに演出していた。

物言い、おじぎ、歩き方もスマートで、そこにいる者たちをリッチな気分にさせた。

颯太はメニュー表を手に取り、パラパラっとめくって（高いな……）と思いながら、メニュー表をパタンと閉じた。

そして、しばらくするとある女が現れた。

「ごめん、待たせちゃったね。少し仕事が長引いちゃって」

そう言って颯太の向かいのイスに腰を下ろした。

颯太はにこりと笑って「早く君の顔が見たかった」と言い、その女を見つめた。

そう、その女は遡ること香里の天敵、美咲だった。

あれあれ？　もう別れたはずでは？

いやいや、まだまだ、続いてるんですよーー。

回数は減ったものの、美咲とは月に二回ぐらいのペースで逢瀬を重ねていた。

もちろん一度別れ話にはなったものの、恋する女は引く事をしなかった。

少しでも自分との時間を持ってほしいとせがんだのだ。

もちろん、バレないように気を遣うし、我儘《わがまま》も言わないという約束で。

だがそこには、いつの日か自分の方へ颯太を完全に奪おうという思いがあった。

だが、そんな目論見《もくろみ》には気づかない颯太は、自分も内心は別れたいわけではなく、香里にバレて、別れざるを得ないから別れるだけの気持ちの為、美咲に弱い所をつつかれ、心はぐらついた。

（バレないように気遣ってくれる。好きといってくれる。我儘言わない。こんなに都合よく動いてくれるのに、別れる理由あるか？）

こちらから見ると、何とも単純で、浅はかに見えるが、恋の渦中にいると根底に

「会いたい」という思いがあるから、何故別れないといけないかの本質は見えてこない。

　だからなんとか「別れなくてすむ方法、会える方法」を探るのである。

　そして妻を裏切る形になろうとも「時折ならいいか」と自分にとって甘く優しい自分のやりたい方を選択した。

　当然、そこにブレーキを多少かけたが、妻や子供に対しての正義や誠意は優先されず、思いが止められなかった。

　結果、時折こうして美咲のリクエストに答え、こちらの高級ホテルへと足を運んでいるという具合だ。当然、香里はいまだこの事実には気づいていない。

　そこはさておき、美咲はメニュー表へと手をやった。

「このコース料理にしよう」そう言ってメニューを指さした。

　金額は、五千二百五十円。

　颯太は（うっ……）と思ったものの「いいよ」と言ってみせた。

　颯太は手を上げ、ボーイを呼び、二人分のコース料理を頼んだ。

　客をリッチな気分にさせるそのボーイは、オーダーを取りスマートにおじぎをし、にこりと笑ってその場を去った。

　そして、その後、美咲は颯太の心の内を推し量るように口元に手をやり、右手で颯太の手を優しく握りながら「ホテル代は、私が出すから安心して」と言った。

そして、髪を束ねる仕草をし、くるりと巻いて片側に寄せ、軽く照れながら、笑ってみせた。

こうして、颯太は違う空間と時を楽しみ、コース料理を楽しみ、そして別の女との夜を楽しんだ。女は自分の武器を最大限に使い、颯太の心を引っ張った。

その間、香里はというと、夫を信じ、一歳を過ぎた拓人をあやし、お風呂に入れ、ミルクを飲ませ、絵本を読んで寝かせつけた。

そして、洗濯と散らかった部屋を片づけ華やぐことなく、家事、子育てにと勤しみ、そして十二時近くに酔っ払って帰ってきた夫に、「会社の川口と飲んでた」を信じ、優しく声をかけるのだった。

そしてそのまま横になった夫の靴下を脱がせ、布団をかけてあげた。そしてむくりと起きた夫に「水を」と言われ水をあげ、「Tシャツ」と言われ、Tシャツをあげ「着せて」と言われ着せてあげ、そして寝てしまった颯太のスーツのズボンが邪魔だろうと思い、重たい体を動かしながらズボンを脱がせ、「フー」となりながら、颯太を安眠させてあげるべく、お手伝いしてあげたのだった。

だが、何でも見通せるモニターでもあって、もしあの一連の流れが見れたなら、決してやることはない行為である。

知らないとは恐ろしい事だ。

何で女遊びして家族をほっぱらかしてる男に、安眠なんてさせてあげるものか。

知っていたら今ごろ責め立てられ、寝た日にはそこらにほっぽかれてるよ。「知らないっ!!」てね。

でも、そんな、見通せるモニターなんて持っておりませんから、彼らが会っていた日にはそんなコントな日々が繰り広げられた。

そして、二人目の子供がほしいと言われたちょうど三ヶ月後辺り、女の方が動いた。

彼の家の近くに一人暮らしを始めたのだ。

颯太はびっくりした。

月に二回程度しか来れない状況の中、自分の為に家を借りた事が嬉しくもあり反面、自分が家庭の中で見せている態度で、どう身を振るか、一瞬悩んだ。

だが、新しい空間が、「あなたと私の空間」と言われた事で、そちらも自分のものの様に思え、心が揺れた。

だが、美咲は賢かった。

「家は借りたけど、今まで通り月に二、三回でいいよ」と……。

でも、帰り際には、

「それ以上に会いたくなったら、いつでも来てね」

と、付け加えた。

相手の想いを推し量るには、ベストな解答だ。

だってそれ以上に来たら、自分に会いたいと思っている証拠だから。

そして颯太の来た日はカレンダーにハートのマークを入れた。

颯太の目から見れば、かいがいしく、いい女の子に見えるが、妻の目から見れば子供がいる事を知っているのに子供の未来も考えず、家庭をハイヒールで上がりこみ、愛する夫を蜘蛛の糸のごとく奪い、知らないのをいいことに近づく、嫌な女に見える。

どこがいい女なのか「性格悪いじゃん」とツッコミたくなる。

いい女とは顔、体だけじゃなくて、性格もいい人が本当にいい女なんじゃない？

だが悲しいかな、男と女は目線が違うようで、自分につくしてくれる、我儘言わない、きれい、かわいい、体が素敵がいい女になってしまうようで……。

万人《ばんにん》じゃないけど……。

とにかく、女は、一つ駒を進めた。

あとは揺れ動く颯太の心をキャッチし、離婚してもらうだけ。

女は、自分の思いが叶い、妻に勝つのを夢見た。

だが、そのリスクは最小限におさえたかった為、静かに事を運び、ここの関係はバレないようにしようという算段だった。

だが、こうして、三人のそれぞれの思いが螺旋《らせん》の様に絡み合い、運命の輪をガラガラと回していった。

そしてこの輪は「知らない」「知る」というzoneで、大きくタイヤの向きを変えた。だがそれも含め運命の輪は、人生の方向を決めていく事となる。

もっと言えば、知らなければ、もっと違う道があったかもしれない。だが見られるのは一つの道だけ。今ある現状が全ての結果である。

心持ち次第でその先の未来は変えられるけど、あった事をなかったことにするのは……。

こうして、颯太は新たな、新鮮な空間を堪能し自宅へと帰宅した。どちらも現実のこの現状に、充実しているような複雑な気分だった。

「週に六日と一日か。やっぱり一日は夢のような世界だな」

そう呟いた。

だが、夢のような世界と思った事が、あちらの世界をまたワンランク上へと押し上げた。

夢のような世界だからこそ、また行きたくなるものである。

楽しみになるから待ち切れなくなり、一週間に一度会う予定が二日に増えた。

美咲からすれば思う壺だし、颯太の気持ちがよく分かる。

美咲は妻や子がいても、それらを差し置いて自分の元に来てくれる事に妻よりも上だという優越感にひたり、そして時折り聞いた。

「私の事、愛してる？」と……。

颯太は迷わず答えた。「愛してる」と。

美咲はその返答に、やはり自分の方が愛されてると確信した。

当の颯太はというと、妻も愛してるが美咲はタイプも違うし同時に愛してしまったという状態。颯太の考える愛とは？　心の中に入る事？　自分のものと思うこと？　離れられないと感じること？

愛するって一つじゃない。甲乙つけがたいがあるってこと？

愛って何？

人は複数人への想いでも愛してるって使うから、妻以外に一つしかない唯一無二の愛には、別名を名づけてほしいものである。

こうして、颯太の二重生活は、一度は途切れそうになったものの、続いたのだった。

新しい波

それから時が過ぎ、美咲が家を借りて六ケ月後、颯太が子供が欲しいと言ってから九ケ月後、香里の妊娠二ケ月が発覚した。

香里にとっては待ちわびた（？）二人目で、運を天に任せ、その時の自分の心に従った結果であり、bestな状態かは分からないが、色々な過去があったのを踏まえた上で出て来た結果。

何があろうと自分の責任において、育てていかないといけない大事な命だ。

香里は喜びに包まれた。

そして自分の体の中で、新しい人間を作るという神秘の世界に再度入れること、心の奥の願いが叶い、相像するだけでワクワクした。

愛する颯太は喜んでくれるかな。浮かれる自分が抑え切れず、拓人を前に、クルリと踊ってみせた。

じき二歳になる息子は、わけわからずも、私が上機嫌な様子を見てはしゃぎ、そしていつも以上に二人ケラケラと笑った。

その日の夜、颯太の帰宅は遅く、十一時になって、TELをしても、「電源が入っていない為かかりません」と、アナウンスが流れ、繋がらなかった。

一日のワクワクの気分も、疲れを感じ始め、イライラへと変わり不穏な気もよぎったが、「とにかく余計な事は考えちゃダメヨ」と言い聞かせ、帰りを待った。

そして九時という予定より四時間遅れて帰宅した颯太を、テンションも低めで、迎え入れた。

「ごめん、会社の同僚と飲んでて、仕事の話をしてたらずいぶん遅くなっちゃった」

「何で電話に出なかったの？」

「電源終わってて、切れちゃってたから」

「あのね、夫婦がうまくいくことは、付き合いをちゃんとSAVEすることよ」

颯太は服を脱ぎ、言葉少なに歯磨きをし、私の怒ってる顔をよそにベッドへと向かった。

私は脱ぎ捨てられた服を片づけ、ズボンから携帯を取り出した。

そして、充電してあげようと思ったが、フっと立ち止まった。

「電源本当に終わってたのかな」

疑いたいわけではないが、確認せずにはいられなかった。

香里は電源ボタンを押し、電池残量を確認した。

日頃放置プレイだった携帯。

久々にドキドキした。

すると、電源があがり、残量は二本線を示した。

「……電源切れたんじゃなく、切ってたんだね……」

香里は呟いた。

ワナワナする手で、その先の携帯履歴を見ようとしたが、「ハッ」と我に返り、携帯のその先を見るのをやめた。

見て疑心暗鬼になる自分も嫌だったし、調べあげるのではなく、見えるべき尻尾が見えてからというのを思い出したからだ。

それに……それに……。

とにかく、香里は充電をし、本日は子供の話を諦める事にした。

こういったズレが香里の心を不安にさせたが、心を強く持ち、明日へ持ち越す事にした。

次の日、香里は颯太に「とにかく早く帰ってきて」と、お願いをした。

だが、昨日の名残りがまだあり、明るく楽しそうに伝える事はできなかった。

颯太も、その雰囲気にのまれるように「行ってくる」と笑顔も見せず出社した。

「今日こそ、早く帰ってきてほしいな」

昨日の事を無いように振るまってでも、子供の誕生を明るく、気持ちよく伝えたかったので、半分祈る様な思いだった。

そんな時、拓人が、天使の様な笑顔でこちらを見て笑った。考え込んで、張り詰めていた思いが、私も思わず笑顔になり、一気に吹き飛んだ。

そして、二人で仲良く遊んでいる姿が眼前に浮かび、私の心は一瞬でも、のどかな、満ち足りた気分に苛《さいな》まれたのだった。

一方、颯太はというと、昨日の香里の不機嫌な顔と、重たい空気が「今日は早く帰って来て」という言葉によって「何かある」という事を察知させた。

「もしかして美咲との事がバレたのでは……」

そう、頭をよぎった。いやよぎっただけでなく、疑心へと変わり、夕方頃には確信へと変わっていった。

「遅く帰って話を短くした方がいいな」そう判断し、いつものごとく美咲に、「今日も、寄っていくよ」と連絡を入れた。

美咲は予定外の訪問に、「今日も？」とびっくりしながらも自分の予定を変更し、颯太を迎え入れる手筈を整えた。

そして颯太が来るなり、「香里にバレたかもしれない」という話を聞かされた。

美咲はドギマギし、一瞬にして、気が気ではなくなった。

そして今、どんな状態になっているのか、詳しく聞き出す事にした。

そして、「『今日は早く帰ってきて』と、むっとした感じで言われた」と伝えると、

「それなら、今日はちゃんと帰って。何かあるから逃げてると思われちゃうから、何の話か聞かないとダメよ。そして何もないってこと伝えないと。疑い出したら、私たち会えなくなっちゃうのよ。それに、疑ってるならしばらく早く帰った方がいいよ」

美咲は女心を察知し、颯太にアドバイスをした。

「いい、帰りたくない」

「ダメダメ。今日は帰って」先を見越し、彼をなだめ熱いキスをし、早々に颯太を追い帰した。

そして、颯太は「何を言われるのか」と、ざわつく気持ちを抱え、帰宅の途についた。

（もしバレてたらしょうがない）

覚悟を決め、ガチャリとドアをあける。

少し濁った顔つきにも見えたが、

「おかえり、少し遅かったよね」という声のトーンに、少しホッとした。

（帰ってすぐのゴングではないところを見ると、思い過ごしか……）

ホッとしつつも、次の一手で、何を突き付けられるのかが気になった。

だが、表情、話しぶりを見る限り「バレてはないな」と確信した。

そんな中、香里に「ちょっと早く席に座って」とうながされた。

「だいたいこのフレーズの出る時は何かある時だ」と推測した。気持ちがピリッとする。

そして香里はB5サイズの封筒を手渡した。

「何これ？」やましい心を抱えているだけに離婚届の用紙が頭をよぎる。もしくは美咲と一緒にいる所の写真でも渡されるんじゃ……。

開けるのをためらった。

「何これ？」

「いいから、早く開けてみてよ」

颯太は全身の血の気が湧きあがるようなそんな感覚と、自分の鼓動が、強く激しく打つのを感じた。

颯太は「いわくの玉手箱」を開くような気持ちで中の物を引き出した。出てきたのはかわいらしいピンクのメリーゴーランドのついたバースデーカードだった。

「バースデー？」颯太がそれを開いてみると、メロディーと共に白黒のエコー写真が出てきた。その横には拓人と香里の写真と、かわいらしい文字で、「二人のパパ、ガンバってね!!」と書かれていた。

離婚届けか、何かかと思っていただけに、拍子抜けしたのと、赤ちゃん？　の境目で、戸惑った。嬉しかったような、なんとも複雑な気持ちに苛まれた。

こういう時に心から喜べないのは、日々の行動の結果である。

「真の喜び」を味わえないと、のちのちの結果に響いてくるものである。

「赤ちゃん今、お腹にいるの？」

「そうだよ。もう一人増えるから生活変わるし、またあなたと私のDNAでできたんだよ。っていっても、自然の摂理と神様のおかげだけどね」

浮かれて答えた。

「何ケ月？」

「今は、二ケ月かな」

「何月に産まれるの？」

「えっと、〇月〇日予定」

颯太の頭の中は、いつ、どんな状態の時にできたかの回想と、今後の美咲との関係をどうしていったらいいのか考え、喜びの感想が薄れる形となった。

もちろん「よかった」とか、「俺も頑張るよ」等は言ったけど、どうも固く、ぎこちなく、香里は颯太のその喜び方に軽く違和感を覚えた。

（拓人の時と、全然違うな……）

だが、香里の心は、今は女関係はないと信じようとし、信じていただけにその違和感が何なのか分からなかった。

その夜は、こんな報告をしたのに、颯太が背中を向けて眠った。香里も複雑な気持ちと、お腹の子を抱え、同じく背を向けて眠った。


それからというもの、颯太は憂鬱な気持ちの中で過ごした。

（今更だが、美咲のことも生活の一部となっていて、諦めきれないし、かといって拓人とお腹の子も捨てられない）

どちらも比重は重く「どちらかを選ぶ」なんてことはできなかったし、美咲に「妻が二人目を妊娠した」とも言い出せなかった。

（子供の誕生が嬉しくなかったわけではない。だが、もうすでに、美咲に心を奪われ、美咲を愛しているんだ。そして美咲にも促され、離婚をも覚悟しようかと思う程、美咲の方へ傾いているのも事実だ）

（秘密も共有し、色っぽく、艶《つや》っぽく、かわいらしく、少し小悪魔でも、自分を立て、愛し、複雑な感情をも理解してくれる彼女。甘え上手で、おしゃれで、バリバリと仕事もやっている彼女に魅かれないわけがない。それに比べ、家にいて、子供ばかりで自分のやりたい事もないような、自分の妻。お金に関しても、「あなたは払わない」と口うるさく言ってくる。メイクだって、手抜きをしてるし、服だって……、一生懸命やっていないわけではないが、「女」としては違う。ただ、子供と、香里の優しさは捨てがたい）

こんな気持ちを行ったり来たりした。

颯太は香里といる時も美咲の事を考えた。

時の流れは曖昧で時に痛みを作り出す。

長く連れ添った人との思い出、その人との過ごした様々な時間。

愛して心が通う時間からの愛を失い、その後、満ちては欠けるこの時間は、とても切なく、胸が痛い。

はたまた、火遊びのはずが、大切な人になり、時の流れと共に生活の一部に。

時の流れとは分からないものだ。

ある時、香里は、パソコンをしながら見せる、颯太のその笑顔のない辛そうな表情に何を考えてるか分からず、声をかけた。

「何見てるの？」

「あぁ、今日の出来事だよ」颯太はごまかした。

「何か最近元気ないけど、何かあった？」

「……別に、何もない」

「そ、そう。急に飲みにも行かなくなったし、帰りも早くなったから。それって私の体の事、心配してるの？」

「早く帰ってきてほしいんだろ！」そう言って、表情が何故か前より冷たさが増した。

「えーっ、帰ってきてやってると思ってるの？　帰ってあげたいと思ってるの？　どっちの気持ち？」

「ハー。どっちも一緒だし、考える気もしない」

そう言って表情は更に変化した。香里は悲しみを感じた。

妊娠の時はふだん以上に、あらゆる感情が倍以上に感じるものだ。大きく感情が揺れる為、情緒不安定になる。

「どうしたの？　何でそんな厳しい顔で答えるの？　実際は何も答えてないけど」

「しー。黙って」

こちらからすると、理由も分からない。何故その態度なのか。

疑念を抱かないように、心がけていた香里には「何で」の答えが出なかった。

香里は、踏み込んで聞いた。

「ねー、赤ちゃんできた事、本当に嬉しいと思ってる？」

「そんな事、今の俺に聞かないでくれよ!!」

イライラした様に大きな声で答え、数秒、険悪なムードが流れた。

「あっ、ごめん……」

「は！　何よそれ。あなたがそんな気持ちで、私はどう、お腹の子、抱えていけばいいの？　教えて。そして、代われるなら代わって！　本来、あなたのできる唯一の事は、産まれてくる子を楽しみにしてくれる事なんじゃないの？　それもできないのに、私にだけそれをやれっていうの？」

「……」

「誰の子産めばいいの？　あたし一人で作った子？　かといって途中でやめれると思うの？　あなたやめれて、私やめられない、おかしくない？」

だが現実はそうだ。男は逃げられて、女は子を抱えて生きていくか、傷を体と心に残し罪悪感を抱えて生きていくかどちらかだ。何もなかったように逃げ切る事はできない。

香里は、男女は決して平等でない事を認知し、疑問を呈した。

そしてそのリスクの差は、男性側が埋めてくれて、ようやく男女平等に近づいていく話だと認識した。

何を基準に埋めるかは、充分考えどころではあるが……。

そもそも男性は、赤ちゃんをお腹に抱えた事がないから人事《ひとごと》の様に捉えれるし、相手を気づかう優しさや、空想力に欠けるんだと思うが、妊婦の大変さをもう少し理解して行動してほしい。

だが、颯太は、香里の質問に答える事なくびっくりしてる子供を前に、さっと立ちハンガーにかかったジャンバーを荒々しくつかみ、勢いよくドアを開け家を出たのだった。

「葛藤」そう、香里には分からない、颯太の「葛藤」の表れだ。

本人、どっちを選んだとしても、どちらも天国のようで一方は地獄だ。

颯太は自ら、ダークリンクへ呑まれていった。

どこに正義を置くかを見誤まり、欲という罠にはまってしまった結果が、幾多の時間を経て巡ってきたのである。

欲をむさぼり、正義をないがしろにしたその先に、平穏な本当の幸せは訪れるのだろうか。その疑問の答えに今直面している様だった。

颯太は、揺れる心を抱え、美咲の家へと向かった。

子供が新たに出来ても、美咲への会いたさは薄れる事なく募る一方での妻との喧嘩。足が向かわないはずは無い。

颯太は、どこぞの昔の王様みたいに、自分の都合よく、女を行き来した。

一昔前、当時の王様の正妻、後妻の妻の心情はいかばかりだったか。

我が身をそこに置いて考えると、プライドは傷つくし、空想するだけで心が震える。

親愛なる王様が堂々と「行ってきます」と言って、別の女の所へ行くのだから。

颯太は、そこまでではなくとも、女を行き来する事に変わりはない。それもこっそりと行くことと王様でもないところを考えると、「木こりの凧」みたいとしか言いようがない。

凧は美咲の家のチャイムを鳴らした。

美咲は二週間ぶりの再会に、胸を鳴らした。

颯太は押し倒すように美咲にキスをし、心の葛藤を、一気に美咲の体へと流し込んだのである。

そして、それを情熱と感じる中、察知能力にたけた彼女は、奥さんと何かあったのだなと異変を感じとっていた。

だが、これらの展開は、美咲にとっては思惑通りの展開で、異変ほど彼女にとって嬉しい事はなかったし、彼を全開に引き寄せるチャンスの瞬間なのである。

「どうしたの？」熱く詰め寄る彼に、戸惑っているそぶりを見せながらも、尋ねた。

「俺の思いが分かるなら好きにさせて」

「いいよ。あなたのものだから、好きにして。私は何も言わない」

「あ、痛い、優しくして」甘い甘い言葉で、颯太を誘い込んだ。

好きにしたい時に好きにできる。颯太に最高の瞬間を提供したのだった。

二人は愛に溺れた。

葛藤がエネルギーに変わり、更に深い愛情へと錯覚させた。

そして、その居心地の良さに「今日はもう帰らない」と決めた。

「ごめん」

「ううん」美咲は首を横に振った。

「私たち、もう止められないね」

「俺は悪い男だよな」

「深く考え込まないで。どんな事があっても、あなたから離れない」

事が終わり、颯太は腕枕をしながら美咲と長く語った。

「俺、本当にどうしていいか分からなくなった。正直、あいつとの離婚も、子供がいる以上、考えられない」

「フフフ。でも、この前は離婚するから一緒になろうって言ったよ」

「信じた？」

「信じた」

「……ごめん、そういう気分までにはなってたし、一瞬覚悟もした」

「ハハ。覚悟したら進まないと。すぐに崩れちゃったの？」

「ああ……」

「長引いたらその分だけ別れられなくなるし、いずれ別れる気なら早い方がいいよ。結局いつかは苦しめちゃうんだから、長引かないのも奥さんの為でもあるんじゃない？」胸に手を当てながら言った。

「うーん」

「じゃあ子供いなかったら、どっちを選んでたの？」

「んー。お前かな」

「じゃあやっぱり愛は崩壊してるじゃん」

「……」

「子供の事なら、子供は自然に育つものだし、大きくなって色々分かる時の方が大変になるって知ってる？　だから別れるなら小さいうちの方がいいんだって」

「……」

「それに、もし私を愛してるなら、覚悟しないと一緒にはなれないよ。私いなくても大丈夫？　そしたらいつか他の男のものになっちゃうんだよ」

　颯太は、がばっと抱き寄せ、

「それはダメ」と言って愛《いと》おしそうにキスをした。

美咲は「フフ。フフ」と笑い、颯太をあおった。

「私も愛してるから、ちゃんと考えて……」

このように、秘密の男女の二人の間の話は、聞く人がきけば絶叫するし、意外とイメージと違ったり、想像以上の話が繰り広げられていたりもする。

だから人間、いや、見せる部分と、一歩人目に見えないその裏では何が語られているか分からない、という事実だ。

何しろ、人間は嘘をつく動物だから。自分の身を守る為、人を傷つけない為、自分の思いを果たす為、表を操作する。当然人間正直ばかりでは生きていきづらいから仕方がないかもしれない。だがいずれ辻褄が合わなくなったり、秘密がポロンとこぼれ落ちたりするかもしれないけど。

だが、知らないから通り過ぎて過ごしてしまう分で、もし、あの世に行ってから、その時の相手の見たいシーンが全部見られるとしたら、生まれ変わっても又、あなたに逢いたいとは言わないだろう。その逆はお願いしたとしても……。

「知らない」というのは幸せなのか不幸なのか。長い人生を思うと、知らない方が幸せなのかもしれない。

知った時点で流れは変わるし、心が揺れるから。

でも、結局一概には言えない。あーなんとも「ターニングポイント」の性質要素を持ち合わせた言葉だなと感じる。

結局、「知るも仏、知らぬも仏、何事も」という事か……。

こうして、情熱やら秘密やら、葛藤に包まれながら、二人の時間は流れ、いつしか二人は床についた。


スヤスヤ眠りについている人たちのかたわら、眠れない人がいた。

おわかりだろうが香里だ。

突然、家を出られ、質問をした事は百歩譲って悪かったにせよ、帰ってこないって……。

あの流れでは当然いいことなんて考えつかない。辛い時間が流れた。

（浮気の疑い？）もちろん頭をかすめたが、（まさかこの時期に？）と、頭をよじった。

「いやいや、さすがにそれはないでしょ。疑心もこれ以上、持ちたくない」なんとか、疑心暗鬼を出さないようにと、心で打ち消す努力をした。

だが真夜中、三時、四時になっても夫は帰らない為、「疑心暗鬼」が何度も心の門をノックしてきた。

そして、朝方五時を迎えると暗鬼が！　ノックを叩きすぎた結果、門が破壊し、その隙間から暗鬼の鬼たちが心をめがけて侵入を開始した。

守備兵の陣営もその勢いに疲れたのか、何らかのビラがまかれたのか、護衛をおこたり出した。

崩壊したダムをすぐに直すには難しいように、壊れた扉を直す余地もない中での大量の疑心暗鬼の出現だった。

暗鬼たちは、「過去の日常の思い出し調査」に取りかかった。

そしてそこには、白くそびえ建つ、「まさかの坂」が存在しており、捜査隊員たちは、その坂に登る事をためらいながらも、少しずつ侵食を始めた。

「この坂は誰も登らないよ。無いに等しい坂だもん」と言い、護衛をしていたpure天使も、暗鬼の急な調査に、無実の証明の為にも、門を開けざるを得なくなっていった。

だが、朝の六時になり、香里の心と体は疲労のピークを迎えた。

「あー、頭が痛い。もうこれ以上、何も考えたくない」

「あ〜〜!!」叫びと同時に、ヒューズが飛び、ついでに暗鬼たちも飛んだ。

そして、お腹の子の先行きを案じ、不便に感じながらようやく眠りについた。

それから、二時間後、やっと眠りについたのに、

「ママ……」拓人が起こしにきた。

（あー眠い）

「ママ、もうちょっと寝かせて」

「ママ、あっち、あっち」

女というのは自分よりも子供に振り回される様だ。結局我が身を起こした。

一日が始まるのに、体がダルいし、イライラもしたが、旦那は……？　部屋を見に行ったが、やはり帰ってはいなかった。

「私だって、怒れたからといって全てを投げ捨てて、自分の好きなようにしたい!!」

だけど、颯太にはできても、香里にはそれはできなかった。

拓人にご飯をあげ、おむつを取り換え、パタパタとやっているうちに、ようやく颯太が帰宅した。

時は九時半を刻んでいた。

当然会社は始まっているし、会社への連絡はどうなっているんだか……。

香里は顔を見るなり、怒りがこみあげた。

そして、近くに寄っていくと、本人は気づいてるのかどうだか、甘い香水の香りがした。

「何のにおいなの？　これ？」

「は？　何もないよ」

パシン!!

「私は、妊婦なのに、どういうつもりよ!!」

思わず、溜まっていた怒りが爆発し、初めて颯太の顔を叩いた。

すると、あろうことか、パシン！　パシン!!

「……」「……」思いきり叩き返された。しかも、香里よりも多い二回も……。

しかも、女のはたくのとはわけが違う、男の大きな手で、強く……。

言葉にもならなかった。一体悪いのはどっち？　とてつもなく理不尽な行いに、香里はただ声を出して泣いた。

そして、「もう、終わりだね。私、出ていくから。どう考えても無理でしょ」

香里は出ていく準備をした。

「本当に出ていくのか、出てったらもう戻ってこれないし、俺はいないぞ」

香里の心臓は、ドキンドキンと高波を打った。

「私も戻ってこないし、子供も、もう戻ってこない。言っとくわ」

「何考えてるんだお前」

「あなたこそ何考えてんのよ。私を恨まないでね。いい、ほっといて」

香里はあえて、勢いよく言い返した。

香里は思いっきり睨みつけ、全てを振り払うかのように拓人を連れ、家を出た。

さーここからが、お互いの心の葛藤の始まりだ。

香里は怒りにまかせ、勢いにまかせたものの内心は、「どうしよう」といったところだ。一か八かのかけをやってる場合ではないのに、妊婦という身重の状態で、そこを切り札のごとく立ち回った。

これは、気性の荒さが裏目に出たようで、決していい解決策とは全く思えなかった。

もちろん香里には、赤ちゃんをおろすつもりはみじんもなかったが、ただ、本当に一人で産んで育てる事になる覚悟は実際はない中でのあの発言。

んー、結局は泣いてすがるしかないのかなあ……。そのシーンが粛々とかすめていった。

だけど問題は、泣いてすがったところで、すでに許されなければ？

そうしたら、自分の振る舞いのせいで、もっと悲惨な結果になるという見通しになる。oh ー、感情にまかせるという事の、なんとおろかな結果となる事だろうか。

だが、時は戻らない。言った事、やった事、取り返しのつかない事になる事もある。

あー、相手の性格、タイプをふまえて、もっと慎重に行動するべきだったのか……。

香里は改めて、自分の行動に後悔をした。

だが、すでにサイコロは振られている。相手にも感情があるだけに、流れは複雑で分からない。

あー、とにかく、何も考えたくない。睡眠不足が、尚更たたっている。太陽も暑い。なのに拓人は元気。

公園のベンチに座り、少し休むと、ママ、ママと引っ張られ、浮かない気持ちでも、相手をさせられる。

何かと自分の思い通りにもいかず、修業僧のようだった。

颯太はというと、出て行かれ、体と熱い鼓動に違和感を覚えた。仕事には出社せず、鳴り響く携帯に頭を抱えた。

昨夜の夢のような一夜とはガラリと一変していた。

だが、こちらはこちらで現実の世界である。彼にも同じく、新たなサイコロが振られた。

とにかく、どうすればいい？

会社は結局、無断欠勤をし、漠然と家で過ごした。

そして、いつもいるはずの人がいない静けさに、現実なのか？と錯覚した。

颯太は現状から逃げるかのごとく、ビールを浴びるほど飲んだ。

そして翌日、気づいたら、朝の十時。

昨日と同様、会社からの電話が鳴り響いていた。

「あー〜」溜め息ののち、会社の電話に出る事にした。

電話口の上司は、かなり強い口調で怒っている。

謝る颯太に嫌味を含めて、「社会人として非常識」を説いてきた。まあ、当然の事である。

彼は一体、その先をどうするつもりか。「もう一人の女」という欲を出したが為に、色々な歯車が狂いだした様だ。

当然器用な人ならば、うまく乗り越えるのだろう。

だが器用な人も、長く続ければ、どこかで爆弾を踏む確率はあがる。

颯太は、会社はさておき、香里へと電話をしたが、繋がらず、怒りと焦りで更にイライラした。

香里の携帯はというと、突然の家出と再三のcallとアラームですでに電池が尽きていた。これも運命のいたずらなのか何なのか、なる様に流れていった。

いつもは香里が振り回されたが、この時ばかりは、颯太が、苦汁を味わう事となった。

そして翌日ようやく電話が繋がった。

「お前、どこにいるんだ。何で電話に出ないいんだよ！」

「今、病院」

「何で⁉　まさか、本気で？　お前、何を考えてるんだ。早く帰ってこい。早く！」

「なら、言うことないの？」

「……ごめん。本当にごめん。頼むから話がしたい」

電話口から慌てている様子が伝わった。

「話？　今更何を話すの？」

「とにかく帰ってきてくれ、俺が悪かったたって思ってるから」

「何を……？」

颯太はああ言ったが、香里は、それ以上引き延ばす事はせず、帰る事にした。

どれだけ怒れようとも、行くあてもなければ、はらぼての自分に、なす術も思いつかない。

意地を張る限界のタイムリミットまでに、颯太の「ごめん」が聞けたのだけが救いだし、ホッとした。

香里は急いで身じたくをし、ホテルをあとにした。

颯太はというと、ホッと肩をなでおろしたのもつかの間、帰宅する香里に何といい訳をしようかと頭を巡らせた。

そして、大山に電話をし、「とにかくその日は一緒にいて泊まった事にしてくれ」

と辻褄合わせを頼んだ。

大山は二つ返事でOKをした。

こういう時にも、持つべきものは友達といったところだろうか。

そんな中、荷物と小さい拓人を引き連れ、はらぼての体で、一時間かけて帰宅した。

「ハー」帰るなりヘトヘトの体で、颯太との話し合いとなったが、颯太の心は先手を打っていた為、若干余裕の答弁となった。

だが、疑心暗鬼が出動している香里の心には、素直にその話が本当とは思えなかった。

香里は口から、別の機動隊を出動させる事にした。

「じゃあ、その人と話をさせて」

颯太の守備隊は流暢に任務を推敲した。

（きたきた）待ち構えていた颯太隊長は、若干嫌がるそぶりを見せながらも、電話を了承したのだ。

ピン、「怪しい」。調査隊の一部が反応をした。

高鳴る鼓動を脇に、香里は大山に外泊の日の様子を聞き、そして、聞き取り終了後、次は颯太の話の辻褄合わせを開始した。

分析によると、おおよそ、二人の言ってる内容は似ていたと感じた。

だが、香里は細かい事を聞いた時、相手の反応はすこぶる鈍く、きちんと答えられなかったりしたので、そこは暗鬼くんがすかさず偵察に行き、インプット回路へと送りつけた。

結果、香里の中では七割方が本当の話の様に、三割方は嘘なのではという結果にいたった。

そして、真実に近づくべく、三割の疑念の真相をはらすべく、颯太の聞き取りを続けた。

だが、香里は「ハッ」とした。

暗鬼くんではない何かが心に警鐘を鳴らしたのだ。

そして（真実を追及してどうすんだよ。辻褄が合わなかったら更なる疑念を生むだけだぜ。思った結果が来なかった時、苦しむのは自分だぜ?!）そう語りかけてきた。

（じゃあ、真実に目をつぶれっていうの？）

（真実を目の当たりにしたら、楽になれるのかい？）

（だけど……）

（だけどじゃない。一挙手一投足が命とりにもなるぜ。自ら爆弾を踏みにいくのかい？　学んでないなぁ）

香里は、この暗鬼とは違う、別の存在に耳を傾けずにはいられなかった。

きっと、防御隊の一員だろう。

香里は、それのお陰で、次に出す一言を思い留まり、暗鬼たちの追及心を抑え込み、これ以上追求しないことにした。

（防御隊よ……ありがとう）

それは、結果拓人や、お腹の子の為、結局行き場のない自分と未来を確保する為の選択だった。

納得？　今は、そんなことより、生きていく方が優先。

それは大人になる為のステップなんだな、と感じずにはいられなかった。

まぁ結局、疑って暮らすのは、しんどいのである。お互いに。

結果、颯太は安心をし、香里は生きていく場所を確保し、危機は波紋を残しつつも真実は闇に葬られ、夫婦は円《まる》く収まる形となったのだった。

「フー……」

自分の満たし方

時は流れ、香里のお腹は、更に膨らみ、八ケ月を迎えようとしていた。

あと、二ケ月もあれば、出産である。

香里は時折、あの時の事件を思い出し、自分が出した一挙手一投足が、今の現実を作り出してるんだなと、実感した。

あの時、更なる追及をしていたならば、今の現状はあったのだろうか。

決して今に満足しているわけではないが、あの状態で何かが発覚し、離婚になっていたら、こんな状態ではなくもっと悲惨だっただろうなと回想した。

だが、決して、今に満足できていない理由としては、相変わらず帰りが遅い事や、颯太が前の会社を転職し、新たな会社に入って給料が下がった事、そして、ここ最近二ケ月、きちんと決まった金額を入れない為、自分の貯金を切り崩して生活をしているという不安な点。そして未だに打診しても貯金額を教えてくれない事、そんなに子供の面倒をみてくれず、会話も少ない事、何かと不満である。

ただ、何とか生活はできている事と、時折、妙に優しい事と、もうじき新しい子供ができる喜びと、拓人の成長のおかげで、何とか自分を保っていた。

「満ち足りて、溢れ出して、バラ色なんです」ではなかったが、渋いながらも今ある現状に感謝する生活を送っていた。

そして愛に関してはそんな現状なのに、どんどんと深まっていった。

愛なのか不安からなのか子供がいるからか、何なのか「もう、この人なしでは、生きていけないな」と思う程。

帰ってくると妙に愛おしく、抱きついて寝ると心が温かくなり安心した。妊婦だと何でも倍以上に感じる感性の為か、愛が妙に深い。

疑念？　確かにそこも愛並に根深い。

その後も、帰りが遅くなるたび、暗鬼は出動したが、確かめる術は乏しく、携帯を探れば出てきそうではあるが、何かが出てきそうで、それもできなかった。

結局、分かったところで、なす術なしの現状は変わらないのである。

そこを逆手にされてると思うと腹だたしいが、女の立場は、バックがない限りなんとも弱いものである。

結婚した時点で、女は太陽なのか日陰なのか。その点、男は……。

あー、疑念を抱くと愚痴っぽくもなり、良い発想なんて浮かばない。だから、良い転回の為に抱かないように、心がけている。

その結果が、今の現状に感謝する日々にいたっているのである。

そんな中、香里は体調を崩し、三日程寝込んでいると、珍しく元気づけたかったのか「治ったら旅行に行こう」と言い出した。

久々の家族旅行。いつになく、とても嬉しかった。

そして、一週間後には完全に回復し、久々の一泊の「家族でお泊まり」をする事になった。

車で一時間半の温泉街。静養かねがね空気もきれいで料理もおいしそうな旅館に、泊まる事にした。

香里は自分の貯金で旅行の資金を用意した。

息子は、いつになくはしゃいだ。家とは違う広い空間に、テンションは上がるし、感動の宝庫だった。純和風の和やかな、自然と調和する昔懐かしくも洗練されたこの雰囲気。あずき色の暖簾《のれん》がゆらりと、空調で揺れている。飾りの竹や、水さしが、より和を演出していた。

息子の嬉しそうな笑顔。夫の綺麗だと感嘆する様子。私の和む気持ち。「来てよかった」と、実感した。

着いてから早速、お風呂に入る事にした。夕方に入るお風呂は久々だった。

そして、広いお風呂に思う存分足を伸ばし、大きくなったお腹をプカプカと浮かせ、たくさんの鏡に妊婦姿の自分の体を映し、「すごい体だなー」と、誇らしくも、神秘的現象に謎を抱き、以前と全々違う体型の自分に、時の流れと、母親である事を再度自覚させられた。

　そして広いお風呂ではしゃぎまくる息子を横に、産まれてくる赤ちゃんとの生活に、想いをはせ「あー、なんか、幸せ」と笑顔がにじみ、次は幸福を実感した。

　そして、一年の疲れを癒し、流してくれるような気持ちのいいお風呂も終わり、湯上がりのあと、颯太と約束した休憩所へと向かった。

　香里が長風呂だった為か、彼はすでにそこにはいなかった。

「先に部屋に戻っちゃったのかな?」見渡したが、やはり見当たらない。

「お部屋に戻ろうか」拓人に言ったが、「あっち、あっち」と言って、なかなか部屋に帰りたがらなかった。

「何?　色々探険したいの?」

　香里は夕食の時間や、部屋で待っている颯太の事も気になったが、余す時間が許す限り、探検しちゃおうかなと思った。

「颯太よ、ごめん」

　香里は拓人と、「素敵だね探し」を始めた。

　置き物、ロビー、おみやげ売場、そこから眺める景色、旅館をフラフラと探索した。

「まだ時間あるね。下にも行ってみようか」

二人は階段を降りた。

降りて左を見たとたん、距離はあったが、自分の知っている男の後ろ姿があった。

あれ?? 浴衣を着ていたものの、その姿、形から、颯太だと一瞬で認識をした。

だが、その奥に、半分隠れて半分見えている、スカートを穿いた女の姿があった。

「あっ！ え?! 誰？」

思わず、子供とスっと、階段の方へと引き返した。

「えっ？」衝撃に、激しい心臓の鼓動を感じた。

「あ？ どういう？」

ドキドキしながらも、こっそりとのぞいた。

あの背中、立ち方、間違いない。

そのままそこに行こうかどうしようか、数十秒躊躇した。

そのタイミングでちょうど話が終ったのか、女は背を向け、逆方向へと歩いていった。

一瞬ちらっと横顔が見えたが、顔ははっきり分からない。

スレンダーなセンスの良さそうな茶髪の髪をひとつにまとめた女は、立ち去っていった。

やばい、颯太が来る。私は慌てて、拓人とお腹を抱えて、階段を駆け上がった。

「ハーハー……、あれは……どういう事？　一体……」

(この偶然は運命か必然か偶然か？　ここ旅先まで来て話す人って一体誰？　まさか……坂……)

無数の数の暗鬼たちが、心を埋めつくした。

「こんな旅先まで連れてくるのか？」

「私たち、三階、お風呂場二階、あそこは一階……」

波打つ心にブレーキがきかない。ちょっと落ち着いて。coolダウン。もうじき食事の時間、coolダウン。

ここは和の空間、クールダウン……。

心にしまって。尻尾が見えても、噛みついちゃダメ。coolダウン。

「ああ、暗鬼よ。冷静に行動して」

とにかく、食事の時間、戻りましょう。

全身が火照《ほて》りドキドキで震える体を動かし、部屋へと戻った。

平静を装い、辿りついた部屋にはすでに颯太は座って待っていた。

「お前、遅いよ。ずっと風呂入ってたのか？」不機嫌そうに言った。

「あ、ごめん」

すでに嘘に馴れている人は、心底は知らぬが、とても動きが滑らかだったし、いつも通りに見えた。

「拓人お腹すいたね。おいしいご飯がくるよー」

いつもと変わらない様子に努めた。

だが、頭の中はどう対応し、どう観察しようか考えていた。

自然を装っての作戦と観察。当然彼は気づいていない。彼も同じだ。自然を装っての女との密会と、私にバレていないかの観察。

ようやく同じ土俵に立った。一物抱えてのこの動き。

そこへ、コンコン、とドアをノックし、中居さんが料理を運んできた。

一口大の手の込んだ付き出し、きれいに盛られた刺身に、塩焼きにされた海老と帆立。蟹の入った風味漂う鍋と、煮物に肉にみそ汁にご飯。色とりどりの豪華な食事が、次々に運ばれた。きっとおいしい料理のはずなのに、きっとこんな風にしても、

「さっきの女の事気にしてるんだろうな」と、こちらの方が気になった。

どうせ見るなら、ご飯を食べてからにして欲しかった。香里は呟いた。

彼はというと、時に子供の喜ぶ顔に、満面の笑みを見せ、珍しく、いいパパぶりを披露していた。

（ああ、あの見てしまった一瞬を消してしまいたい）

見間違いか、ただ人に訪ねられ話してただけか、そう思いたいが、それは今夜、調

査しないとわからない。

そして食事も終わり、一息ついた。

携帯が「ピロン」となった。香里は「ピン」ときた。

そして、素知らぬふりをして、携帯のそばへ行った。

彼は取りにこない。

「ねーピカピカ光ってるよ」教えてあげた。

「あっ、ああ」見にこない。

「メール、いいの？　会社とかじゃない？　大丈夫？」

「ああ、いいよ。あとでいい」

彼は、くつろぎながら横になり、テレビを見ていた。
二、三分ののちに私は言った。
「ちょっと何か、お腹が痛くなったからトイレ行くよ」

（そのまま、くつろいでてね）と願いながらも動行を待った。

五分ぐらいののち、トイレから出て、颯太の様子を見ると先程の様な形で横になり、テレビを見ている。

そして、その先の奥の携帯の方へと目をやると、携帯はピコピコと光って……いなかった……。

「あー、お腹痛かった」

当然、彼は携帯なんて気にしてない素振りを見せた。

だが、その五分、彼がどんな気持ちでどんな行動を取ったのか察しがつく。

そして九時頃、彼の方から「もう一回、お風呂行かないの？　せっかく来たから時間あるし、入りに行かないのか」

という、打診があった（怪しい。さっきのメールで何か言われたのでは？）。一瞬どうしたらいいかと考えたが、その間に二人で会われたらたまらない。

本当はお風呂に入りたいところだが、「二回も入るとお腹が張るし、明日、帰る前に入るよ」と言って断わった。

「あなたは行くの？　いつもは二回も入らないけど行きたいの？」と、日頃と比較して聞いた。

「ん、ああ」

「ほんと。じゃあ、あたし入んないけど拓人も一緒にお風呂入れてくれる？　あたし、その間おみやげ屋で、ちょっと見とくから。じゃあ、行こう」

「ん、ああ、いいよ」

とにかく「颯太だけの時間」を作らせないようにした。

館内は、和のテイストで、とても和む空間になっていたが、ここまで来ても香里の心は和むどころか、穏やかではなかった。

颯太を思うと虚しく、女を思うと、こんなところまでと怒りが湧いた。

そして、おみやげコーナと男湯を行き来し、出口で待った。執拗な予防線だ。

そして、その後は部屋に行き、彼の心を読み解くべく、過去の話から拓人の成長の話、今後産まれてくる赤ちゃんの話、仕事の話、色々と含めて、久々に長く語り合った。

だが彼の発言からの分析に答えは出なかった。

香里は、最後の調査に取りかかった。

(私が眠った後に女が来てれば動き出すだろうな)

香里は十一頃、早々に颯太に言った。

「日頃の疲れがどっと出ちゃったのか、すっごい眠くなっちゃったんだけど、もう先に寝ていい？」

颯太は言った。

「いいよ。疲れたら寝て。俺も少ししたら寝るから」

「ごめんね。お先に……あー眠い……眠い……」

香里は布団に横になり、バッチリ暗鬼を起こしながら、待った。そして、十分程してから、演技という「いびき」をかいてみせた。

グーグー、聞こえているかな？　内心思いながら、薄目をあけ、様子を見た。

どうやら、携帯で何かをやっているらしい。

その後、更に五分ぐらいして、彼がごそごそ動き出した。

（トイレかな？　もう寝るのかな？）

彼の足音が、私の方へ近づく。そして、私のそばを通り過ぎていった。そして、その足音は、少し遠ざかり入り口の方へと向かった。そして、そーっとスーっと扉の開く音がして、静かに消えていった。

香里は、ついに我慢していた涙がこぼれた。

お腹には、彼の子が横にも彼の子がいるのに。

そしてここは温泉街。またとない思い出になるはずの土地だったのに……。女の横顔とスレンダーな体が浮かんだ。

颯太を誰にも取られたくないのに、今会っている？

もしかして、抱き合ったり、何かしたりしてる？

「いや～～!!」気が変になりそうだし、颯太が、今帰ってきても、平静を装えない。

（あーもう、修羅場になるならなってもいい、二人の現場を見つけて、思いっ切り話をしたい！）

見ない振りをするより、白黒はっきりつける事こそ、一番の改善策かもしれない。

（見つけて、話にいってやる!!）そう思ったものの、部屋番号までは分からない。

あー、どこかで、鉢合わないか……。

だけど、その前に拓人はどうする？　途中で目が覚めたら大変なことになる。

んー。連れてく？　いやいや、気持ちよく寝ているのに連れてはいけない。

ハー、こんなに苦しく、こんなに答えは近くにあるのに、身動き一つ取れずに、やきもきしているしかないなんて!!

香里は、その自身の現状に、また涙が出た。

（お願い、もう早く帰ってきて）

そう願う事しかできなかった。

だが、颯太は、三時間ののち、帰宿した。

少し会うだけなら、一万歩譲っても、三時間って……。

香里は慌てて、入り口に背を向けた。

そして、がさごそしたのち、颯太がスーっと布団に潜り込んできた。うっすらと甘い香りがした。

そして、後ろからぎゅっと抱きしめてきた。

香里はぽつりと言った。

「どこに行ってたの？」

彼の動きが止まった。

「どこに行ってたのよ!!」先程より強い口調で鼻をすすりながら言った。

「外にすずみに……」

「一人で?」

「そうだよ。お前寝てるし」

「こんな暗いのに? そんな人間いる?」

「ハハ。いるよここに」

「いないよ」

きっと、一時間くらいで帰宿したなら、そんな嘘もまかり通るが、三時間じゃ……

ねェ……。

香里はむくっと起きあがり、颯太の顔を見た。

「どんだけ行ってたの?」

「一時間くらいたってたかもしれない」

「ハハ。今何時? あなたが出てった時からずっと起きてるんだけど私。三時間よ、
三時間。嘘ついてるよね、全部。どう説明するの?」

「……」

「あなた今日、来てから一階に行ってたよね。お風呂は二階。一階に何の用事があっ

て？」

「行ってないよ」

「行ってたでしょ。私見たんだから!!」

「……」

「どういうことよ。こんなとこまで、女連れてくるなんて……」

「……」

「ハー」

そして、しばらく沈黙ののち、突然颯太が声を荒げたように言った。

「女なんて、どこにいる。会ってねーよ」

「大きい声出さないでよ!!」

ビックリしたのか、子供が「エーン」と泣き出した。

そして、香里も一緒にしとしとと泣いた。

「こんなとこまできて、そんな話、もうやめてくれ。もう寝るから。これ以上、そんなくだらない話をするな」

「は？　ちょっとー!!」

そんな形で話を打ち切ってきた。

もうこれ以上言ってもダメだし、「説明ができない」、それが答えだと理解した。

ついに尻尾を掴んだ。

こんな時期に結局尻尾を掴んだところで、何をしたらいいものか。

いや、そうじゃない。私の子供が産まれるまでには、きれいにしてもらわないといけない。

白黒はっきりさせ、こちらも勝負に出るしかない。香里は新たなカードを切った。颯太が、今の妊婦の私を捨てられる？　もしもそれができたなら、自分の考え方を変えるしかない。

あの女に勝てる自信？　際どいが、あると踏んでいる。

香里はもう、「見ない振り」で見過ごすことはできなかった。

きっと、できる女はそこをもう一歩我慢して演じることができるのだろう。

男だって、そこを（見て見ぬ振りをできる女）を愛してしまうのだろう。

都合がいいからなのか、そこが愛おしく感じるからなのか、許されるから甘えるのだろう。

どちらが愛される？　頭で分かってはいても、嫉妬心やプライドに勝てない女だった。

次の日の朝、せっかくの旅先なのに、南極の様な空気が流れていた。お互い針のむしろに座っているようだった。

だが、香里の目線にはこのように展開したが、颯太の状況や心境は分からなかった。

……気になるだろう、颯太の真相は実はこうだった。

ざっと言うと、美咲と会っていた夜、なにげなく「二十日は妻と旅行に行くから会えないよ」と言った。

「どこに行くの？」と言った。

「山梨の○○旅館」と言ってしまった。

「しまった！」と思い、「来るとかやめろよ。理由あって行くんだから」と、釘をさした。

なのに当日、「今私いるよ♡　○号室。後で少し会いたいな♡」とメールが入り、あせって、とにかく時間の合間を見て、美咲に会いに行き、「何故来たのか」と怒り、問い質《ただ》した。

「とにかく、連絡はしないでくれ」と伝えたが、夜にメールが入り、時間の合間を見て、内容を確認した。

「どうしても、来た事を謝りたい、どうしても会いたい」

という事で、香里の寝ている間に、外に会いに行った。

しゃべりながら気持ちを落ち着かせ、誘われるままに美咲の部屋に向かった。

多少、香里が起きてないか気になったが、「多分寝てるだろう」と踏んで、時を楽しんだ。そして帰ってからのあの流れ。「何故?」びっくりせずにはいられなかった。

これが、颯太の状況である。

心境は、何とも深すぎて……である。

そして、帰ってからというもの、香里は急いで携帯会社に、履歴を要請した。

そして、生活はというと、不穏な空気は直らず、以前の延長で、お互い「針のむしろ座布団」に、座り続けてる様だった。

「まあいいよ。その座布団取って」そう言って笑ってあげられる女なんてこの状況で、いるのだろうか。

本当は笑い合いたいのに、口惜しい時間を過ごしている。

その後、香里は、この状況に口火を切った。

「颯太、お願いだから、私たちの為にその女と別れて。もうこれ以上続いたら、私耐えられない。お願い……。」そう言って泣いた。

すると、「本当に、いない。お前の見間違いだから。心配いらない」

男は、現場を見られても「ない」と言う話は耳にするが、今realに目の当たりにしている。

それとも、これが苦しまぎれのギリギリの彼の優しさなのか。

そして後日、家に、携帯の履歴が届いた。

旅行に行った日、彼がかけた電話は……と……。

十七時二十六分、090－○○○○－××××、二十三時二十四分、090－○○○○－×××。これだ。

そして、おそるおそる、それ以前のリストに目をやると、同じ番号が幾度となくリストを彩っていた。

ハー……。パンドラの箱を自ら開けに行ったものの、愕然とした。

どこの誰？

まさか、前の女じゃないよね……。フッと頭を横切った。

まぁ、誰が相手でもイヤなんだけど、継続と思うと、特に嫌悪感がある。

「どうしよっか……」悩んだあげく、七美に、以前の田代美咲の携帯かどうか確認してもらう事にした。

さすがに自分でかける勇気はない。

七美は承諾し、電話をかけた。

プルルル……。

「はい」

「あの花井ですけど、田代さんの携帯ですか」

「はい、そうですが……」

「私の友達がちょっと話したいって言ってるんだけど、いいですか？」

「えっ、誰ですか？」

七美はすかさず、電話を渡してきた。

「えっ！　どうだった？　田代？」

「うん、そうそう」彼女はうなずいた。

（前の女?!!　そういうこと?!）

怒りと動揺が入り混じりつつも、電話を変わった。

「もしもし、私、颯太の妻だけど、あなたと一回ちゃんと話がしたくて」

ツーツー、やっぱり前と同じだ。この切り方。

「ハー。そういう事か……」

かなり手強い相手だ。しつこすぎるし、友達ってやっぱり有り得なかったよね。

七美が心配そうに言った。

「どうする？」

「どうしよっか。見つけたけど、方法が……」

結局、前と同じだった。ただ変わっているのはお腹に子供がいるかいないかだけ、何だったんだろう、この二年間。

そして、更なる出来事が起こった。

彼女に電話して、二日後、颯太は突然帰らなかった。そして、電話にも出ない。二日、三日、四日、五日と……。

愛している人が一日でも帰らないとやきもきするのに、何をやっていいのか、もう何も手につかない。

五日目の朝、ついに、両親に連絡した。

「とにかくお願い、来て」

突然の電話に母は驚いた様子だった。

そして薄暗い夕日の中に、息子と二人。

「ごめんね」そう息子に呟いた。

だがまだ子供には状況は分からず、一人でベランダで無邪気に遊んでいた。

愛を失って生きていけなくなったり死んでしまったりするドラマがあるが、今はようやく理解できる。

最も愛する人の愛情も、信用も、頼りにする人も、守ってくれる人も、笑い合う人も、経済までも、裏切りで失い、二人の子供を抱えて、どう生きていけば……。

こんな思いをするなら、愛さなければよかった。

だけど、どうやったら愛さずにいられたのか。

瞑想は母が来るまで、永遠に続けられ、とめどなく涙を流した。

そして、

「香里……どうしたの？　何があったの？」

母が、到着した。

「……お母さん……」

娘の状態を見て、瞬時に何かを察した母は、

「とにかく、あなたは横になりなさい。私が拓《たっ》くんを見とくから」

そう言って拓人の方へ行き、「何が食べたい？　こっちで遊ぼうか」と言い、連れていってくれた。

香里は又、涙が溢れた。

この状況で、子供に本当の笑顔も見せられず、心からかまってあげられなかった事に胸を痛めていた中、拓人に優しく接し、相手をしてくれてる母に感謝をした。

そして、ようやく香里は子供を気にする事なくほっとし、横になった。

「ハーーーーー」

親にも言えず、一人で抱えこんでいたが、もう知られてしまった。

親に心配をかけ、負担をかける事は申し訳ないが、この状況、もう一人では打開できない。

迷惑は百も承知で頼るしかなかった。何故こんな風になったのか。相手は元より、香里自身の嫉妬心や白黒つける性格が、究極、相手とは合わなかったのだろう。

だが、愛が欲しいのであれば、自分を抑えて、相手の欲するグレーの位置を選択するべきだったのかもしれない。

きっと相手からすれば、追いつめられた事だろう。

その結果、相手の気持ちより、自分の自我が抑えきれず、拓人もお腹の赤ちゃんも、そして自分自身も、傷つけてしまったんだ。

香里としては勝負に出たが、完敗という結果だ。

受け入れるしかないが、こんな形で来るとは……。

そう、まさに、「まさかの坂」に遭遇したのだ。

んー、人生、思い通りばかりにはいかない。

この道は、吉に続く道なのか？　凶に続く道なのか。

それは自分次第だが、茨《いばら》の道に落ちたのは間違いない。

だが、ようやく、久々に長い眠りについた。

翌朝、香里は吐き出すかのように、母に状況を伝えた。

母は、

「今までよく、言わずに頑張ってきたね。お母さん達も、どうしていいか分からないけど、できる範囲で手助けするから」

そう言って、不安にかられる香里を励まし、あらゆる言葉で香里を奮い立たせた。

母としては必死の投げかけだったが、それでも香里の心には届かず、香里の横を言葉たちがかすめていった。

「私が崩れてしまったら、子供たちはどうなる。母としてしっかりしなきゃ」

分かっていても愛を失った喪失感に苛まれ、涙がぽろぽろ流れた。

そして何をするわけでもなく、やる気もわかず、時だけは流れた。

そんな時、母が様々な言葉をかける中で、ようやく香里の心にひっかかる言葉が現れた。

出産、一ケ月前の事だ。

いつも、この件があって以来、彼に対して批判的だった母が「そんなに悲観しなくったって縁があればまた会えるよ」

と言った言葉だった。

「縁があれば、また会える?」暗がりだった心に、ぽつんと、明かりがついた。そして連鎖するように、他方面へと明かりが広がった。

それと同時に、重たくのしかかってた心の石か、少しよけられたのを感じた。

こんなことをされても、まだ怒りよりも増して、繋がりを求めているなんて、自分のばかさかげんに呆れたが、こうなると、まだ愛しているみたいだ。

香里は「縁があれば」の一抹《かすか》な可能性に、光を見い出した。

香里にとって、愛は生きる源だった。

本来は母として、子供が生きる源にならないといけないのかもしれないが、まだまだ人間として未熟だし、母として半人前の為、この様な結果だ。反省点は多い。

だが、どんな形であれ、光を見つけ、子供を支えなきゃという気力が湧いてきたのはありがたい話である。なんとも縁というのは、見えないが、強い力があり、見えないから頼りなくもある存在だが、「その力」を羅針盤にし、進んでいこうと思った。

母も、その言葉で回復したというのは、複雑な心境ではあるが、子供がいる以上、大事にいたらず一安心だった。

それに香里にはまだ、出産という大役が残っている……。

颯太には、娘を悲しませた結果と、この事態に、あいた口もふさがらなかったが、起きている現実に対応する他なかった。

そして、この間、颯太の両親とも生活費の話し合いをした。

「とにかく生活費の三ケ月分はまずは保障します。その後は、再度話し合いで」という形になった。何とも現実的な話だ。だが三ケ月って……。

だが、相手の母親は、不満に思ったのか何なのか、
「こういう結果になったのは、あなたにも原因があるんじゃないの?!」
と言ってきた。
当然、大なり小なりあるとは思うが、この状況で、その発言は「火に油を注ぐ」話だ。
だが香里は相手方のその言葉に、
(人って、なかなか心の奥の状態までは、読めないんだろうな)
と、人間の定義と、怒りだけではなく、しょうがなさも感じた。

温かな思い

外は雨。こんな日はベランダから外を眺めながら物思いにふける。
愛した人。
愛していた、今、よく使う言葉。
愛って何だろう。
そして愛していると言った言葉は、どこに消えるのか。
きっと私とあなたの愛してるは違う。
私の中に広がってるあなたは、
時に幸せに、淋しさを残す、
あなたの心を映し出すように。
心は見えないから感じるの、触れて抱きしめて、確かめ合う時間。
けど、真実は見えてこない。嘘や過去で、私の心にベールがかかってる。
「愛してる」の言葉さえ、信じられない
彼は言うの。「信じられなくなったら終わりだよ」と。

もう分かっているはずなのに、愛、やめられない。

私の中に広がってるあなたは、時に幸せを、時に寂しさを残す。

昔、感じたあの一瞬、何千年もその昔、あなたに会っていたような、あの懐かしい感じ。

前世があるのなら、こうして、昔も出逢っていたのかな。

風が吹き、桜が散るようなあの一瞬が、今でも心に残っている。

来世があるなら、次はすれ違いましょうね。

永遠でないなら、愛は辛くなるから。

手に入らないあなたの心。忘れて過ごすのが一番、思い出さないように。

でも、現世で愛していたと感じられた一瞬があったこと、
それは忘れない。

過去に囚われず、今を生きよう。

愛は螺旋、心を織り込みながら、いずこへか、向かう。


ポエムが一つできたようだ。そんな中でもお腹は更に膨らみ、「混沌」とした幸せと感じられない時間が流れた。

もしも、彼がちゃんと子供を思い、産まれてくる赤ちゃんを心待ちにしていてくれ

たなら、この不安な妊婦の時間も「幸せな時間」として記憶に残り、暖かく、忘れない、大切な時間となっていたんだろうな。

戻せない時と分かっていても、理想とする二人の関係に、女として憧れを抱き、そして、虚しい現実に溜め息を落とした。

だがそんな中、出産予定日一週間前の事だった。

夜の十一時、眠れないまま横になっていると、玄関の方からガチャガチャと音がした。

キィーー、バタン。

（もしかして……！）

香里は慌てて起き、玄関の方へ行くと、颯太が深刻そうな、でも、苦笑いを浮かべたような顔で現れた。

「颯太……」

香里の心は、待っていた様な、安堵したような感情がこみあげた。こんな思いをしたのに、喜びを感じたのである、何も言う事ができなかった。

そして、大きくなったお腹を抱え、立ちつくす香里に、颯太は近寄り、「ごめん……」と言って涙を流し、香里を抱き寄せた。

目の前に颯太がいる……。ツツー。涙が流れた。

どこで何をしてたのか、どういうつもりだったのか問い質したい。

だが、ただいてくれる事で、生きてく力が湧いた事は間違いなかった。

香里は何も言わず颯太を抱きしめ、心の奥底に眠る愛情を伝えた。

そして、颯太によってすさんでいた香里の心は、颯太という薬によって解き放たれ、締め付けられる様に痛かった頭も開放され、血管もゆるみ、ホルモンも流れたのか、もの凄い睡魔に襲われた。

「今日は、何も言わずもう寝よう」

香里の誘いに頷き、二人は深い深い眠りへと落ちていった。

そして翌朝、二人は話し合いをした。

当然颯太にとっては答えたくない、答えられない事だろう。

それは分かっている。

そして香里も、冷静さを欠く自分のタイプ、そして今は自分にとって大事な時期、相手が問いつめられるのがイヤでも帰ってきた理由、それらを総合して考え、慎重に言葉を選んだ。

「ある程度話ができないと、そのままじゃ、通過できないから教えて。あたし達の事は多少、心配した？　時には浮かんだ？」

「ずっと心配してた」

「拓人にかわいそうな思いさせてるのはどう思う？」

「……」

「私たちの生活費はどうするつもりだったの？　持ってこない、イコール、死んじゃうかもって考えない？」

「お金は、あなたならどうにかするでしょ」

「いやいや、どうにもならないよ。どこから出てくるの？　働いてないのに。空からか、屋根からか降るの？」

「だから、それも心配で帰ってきた」

「仕事はどうなってるの？」

「……」

「してない？　もしかして……」

「待って。とにかく、今は仕事とお金の話はやめてくれ」

「やめてって、生活の基盤だよ。そんなの無責任だし、歩けないよ」

「もちろん、またちゃんと働くから」

「ハー……」溜め息が漏れたが、これ以上話すと水をさすと思い、話題を変えた。

「私たち、やり直せると思う？　足を踏む方と踏まれる方では全然痛みが違うんだけど」

「分からないけど、今、ここに帰ってきたのが答えと思って」

「女とはどーなったの？」

「女なんかいない」

「はーーーーー?!　どこまでも嘘言う理由は？　ギリギリまでも〝いない〟を通すのが、男の暗黙のルールか知らないけど。『いたよ。ごめん』でいいじゃん。ちゃんと認めて、反省してくれないと、こっちの気持ちが進めないし、あなたも変わらないよ。私の気持ちを楽にさせて」

「香里に会いたい。子供と一緒にいたい！　一緒にいたい!!　それじゃだめか？」

「……」「……」

言葉にならなかった。

だが、彼の想いが聞けたからなのか、確かにそうだと思えたからなのか、いてもらわなくては困るからなのか、もう香里はこれ以上、責めるのはやめた。それに、颯太にもどうにもならない思いだったかもしれないし、私も彼を色々な形で傷つけ、理解が及ばなかったせいかもしれない。そして、これ以上言っても、いい結果は招かない。

それより、内心を伝える事の方が重要だ。

香里は、理不尽な気持ちを押し殺し、冷静に言った。

「色々言ったけど、帰ってくれた事は正直嬉しかったし、心が落ちついた。それだけ」

颯太は、苦々しい顔からようやく香里の心が聞けて、少し真顔になり、安心したかのようににこっと笑い、「ごめん」と言った。

んー、どこまでもはちみつの様に甘～い追求に、このホロ苦いチョコレートの様な二ケ月は何だったのかと思ったが、予定日まで一週間、全力で産む為にも、許す気持ちが大切だった。

新たな子供の誕生

颯太が、立ち戻ってから二日後、良好なホルモンが流れたのか、はたまた宿命か、天命か、陣痛が始まった。

夜中の三時の事である。

一人で産む覚悟をしていた時期はあったが、今は隣には颯太がいる。

「あなた、おきて、お腹が……」頼れる相手がいてホッとする。

「んーー」

「んーーじゃない、いたたた……あっ……。病院行く用意して」

颯太を揺り動かす。なんとも呑気だ。変わってほしい。

ああ、あの激痛が始まる。体がよじれ骨がぎしぎしときしむ。自然の摂理とはいえ、痛い！

「あいたた……痛い……」

病院に到着し、診察が始まる。そして、颯太と子供に応援され、色々な事が頭を駆け巡ったが淋しくはない。

もし颯太が帰っていなかったら、こんな痛みに耐えられただろうか。

人間、どちらに転ぶのか、紙一重だと思う。

幸い、ギリギリでも、戻ってくれたから、今、こうしていられるのだが、一歩間違えばどうなっていたか分からない。どこまでいっても二つの道を見る事はできないが、境界線に立たされていたのは間違いないだろう。もし、最悪な方へ転んでいたら……。

世の中、色々な状況の人がいるが、決して本人だけが悪い状況を作っているわけではなく、周りの人や自分の弱さや、タイミング、条件や環境、など色々な事が作用し、その様な結果になっているんだと思う。誰だって一歩間違えば分からない。だから、本人だけを責めずに、相手を理解し、問題解決の糸口を見つけないといけないんだと、自分の今までの考えを見つめ直した。

そして香里は痛みを受けながら、見守ってくれた両親や友人、夫、子供に、そして、大自然から国家、先祖、戦時中の人々、見えない存在にいたるまで、全てに感謝し、今の痛みにまではなかなか感謝はできなかったけれど、命を送り出す出産をしながら、様々な事を感じながら、無事に、分娩台を乗り越え、元気な女の子を出産した。

「終わったーーーーー!!」

十ケ月間の、長丁場、痛みの解放、新しい生命体を見る感動。

乗り越えざるを得ず、だったとしても、乗り越えた先には、またとない喜びが待っていた。

母になり、赤ちゃんを抱き、新しい世界が広がる。もちろんいい事ばかりではないが、人生に更なる深みが増す。

香里にとって、感慨深い、幸せな時間だった。

母もその後、訪ねてきて、「よく頑張ったね」と褒めてくれた。

共に、人生の波を乗り越えたので、喜びも倍増だった。

そして元気に産まれた、今は子猿のような女の子は「どんな人にも、優しくあれるように」という祈りを込めて「優香」と名付けた。

こうして、新たな生活が一時の喜びとともに始まっていった。

新たな生活

入院生活も終わり、三週間実家で過ごしたのち、颯太が迎えにきて、久々に家に帰った。

颯太は、まだ仕事が決まっておらず、仕事を探しに行くと言い、ハローワークへと向かった。

早々、帰ったはいいものの、仕事がない事がネックだ。

生活費は溜まっていくと良くない。かかるものはかかるだけに、毎月毎月ちゃんとやり過ごしていかないといけない。だから預貯金は、いくらあっても不自由しないし、必ず、しておきたいものだ。

分かってはいるが、状況が状況だっただけに、この有様《ありさま》。

「お金じゃない」とも言うが、最低限のお金がないと生きていけないのである。

ただ、闇雲に「なんとかなる」は「なんとかならなくなる」と心得ておいて、間違いなしだ。

そして、もしも子供さえ上手に見てくれれば、自分なら、掛け持ちしてでも何とかする。

けれど、夫には任せる勇気がない。

「あー、早く、仕事を見つけて真面目に働いてほしい」

そして、二ケ月が過ぎたが、まだ正社員として決まらない。「何でもいい」ではよくないが、この際しばらくアルバイトでも何でもいいから、現金を早く。

女の切実な願いである。世の中、いっぱい仕事はあるのに……香里の方が焦った。

いや、颯太も、内心、自分以上に焦っているかもしれない。今のは撤回だ。

けれど、早くして。こちらには何かと支払い期日が……。

結局、またも颯太の両親に頼む結果となった。

そして残りの足りない分は、香里のクレジットカードで支払う形となった。あてもないのに、カードを切ってどうするのか。

目をつぶって、綱の上を渡っているようなものだ。けれど、離婚をせず、生活を守る為には、未来に期待して今はその手を打つしかなかった。

三ケ月目に入り、仕事にはついたものの、まだ、給料は入らない。

仕方ない、「来月は入るから」と計算し、生活費二十一万円、クレジットから引き出した。

四ケ月目に入り、ようやく一ケ月分の給料が入り、借りた分の支払いをし、自分の頭が多少軽くなるだろうという計算だったが、そうは問屋がおろさない。落とし穴が待っていた。

この四ケ月、颯太はお金が足りず、友達に借りていたらしい。

給料を渡された時には七万円しか残っていなかった。ラッキーセブン！　そうじゃない。それは困る。いったい、何をどうやって回せばよいのか。

はっきりいって、よそみをして裏切り、職を失った事の代償は大きい。香里の心にはまだ癒えぬ深い傷がある中、金銭問題もとなれば、トリプル、いや、クアドラプル、クインティプル以上のダメージだ。

いつ、ディカプルになってもおかしくない。

いやいや、最大のディカプルは経験したか。妊婦中の失踪だけは勘弁である。

香里は、この現状をcoolで賢い男友達の良基に相談をした。

彼はまず、お金についてはさておき、「私について」意見を述べた。

「それって、愛じゃなくて、依存なんじゃないの」と……。

彼曰く、愛と依存は似ている様で違うとの見解で、「依存の部分は直した方がいい」との事だった。

香里にとって、境界線を引くのは難しいし、一緒にしたくなるが、どう理解するべきか、だが香里にとっては、目から鱗が落ち、ポンと膝を打たれた感じだった。

彼は、「この本読んで、自分を取り戻しな」と、一冊の本を差し出してくれた。

パラパラっと読むと、実に良い事が書かれている。

香里はその本を貸してもらう事にした。

お金に関しては、それ以上、香里がカードを使って支払ってはいけないとのこと……。

それは分かっているんだけど、この生活を守るにはどうしたら……。

自分でもそれ以上目を閉じ、先に進めば、危険な事も知っている、それに近くにあったはずのにんじんは、感じる限り遠くにいっているような……。

いやいや、ここはお金の話。しっかり開眼してもの事考えないとダメでしょ。

子供が二人もいて、大変な結果になってはいけない。

「にっちもさっちもになって、俺に相談してるんでしょ。俺も下手な事は言えないけど、もっと真剣に考えた方がいいよ」と切り出した。

「ごもっともですーー」

真剣には考えてるんだけどね。きっと、判断が全てが甘いのだろう。

言葉が心に沁み渡った。

香里は借りた本を読み込んだ。どこかに彼の言う言葉の意味が眠ってるかもしれない。

そして、その本を読み終わる頃には、自分が依存しているという証拠を見つけ、颯太を中心に自分が回っていたことにも気づかされた。

「自分を取り戻せ。そういう意味だったんだね」

自分の中で、はっきりではないが、カチンカチンとスイッチを回したのを感じた。

少しではあるが考え方を変えた瞬間である。

香里は、今までの出来事と現状、そして、お金と自分の心と全てに向きあってみる事にした。

果たして、このまま自分がカードを使って暮らすような生活は、一体どこまで続くのだろう。

それのなれの果ては？　果てまで見て、結論を出すのか。

はたまた、一度仕切り直し、立て直すのか。

大きく悩んだが、最終的には踏み切れず、今月の足りない分をカードで穴埋めをした。当然、颯太にはこの現状を伝え、はっぱをかけた。

はっぱをかけたが、かけすぎたのか、何が起こったか分からないが、しばらくして、颯太はそこの会社を……辞めた。

「こんな時に、どうして……」

せっかく生活を立て直せると思ったのに。

気づけば、あれから運命の輪はカタカタと廻り、私たちをここまで運んできた。

だけれど、その輪は廻り続け、違うレーンへと運ぼうとしている。

これは、もう、こうなる運命だったのか？

何が作用し、こうなったのか？　人生の意味とは？

だが、こうなると、香里には先行きも見えず、打つ手もない。

香里は言った。

「これ以上、カードは使えない。月末がタイムリミット、そこまでに何とかして。できなければ全て畳むしかない。お金の話ばかりで悪いけど、子供抱えてるのに黙っている女はいないない」

ついに行くとこまでいった様だ、私たち。

いや、すでに、かげりは始まっていた。どの時点からだろう。「我慢と愛」という、延命治療で保っていた話だったのかもしれない。

香里はしばらく時を待った。

お金に関しては、考え方が後を絶たない。

お金には力があり、色々な表情を見せる。

第一に命の種であり、価値に換算できるものでもあり、潤い、心の余欲、世界を広げる道具であり、時に人間性が見える一材料であったりする。

人によっては魔物であり、喜びの源だったりもする。

そして、時に、痛み、苦しみを与え、時に落とし穴となるお金。

そんな、世界を巡る多彩な顔を持つお金は、やはり使い方が大事で、誰の為にどのように使うかが重要である。

お金がないと何かと転ぶ。使い方を間違うと、自分を見失ったり、汚い人間になったりしてしまう。

money。「笑顔の源」だ。


その頃、颯太は颯太で、自分の現状に苦しんでいた。川のほとりで、一人、座り込み、缶ビールを片手に物思いに耽っていた。

別れた女の事で心が痛み、人知れず精神的に病んでおり、そんな中で、新しい仕事、新しい環境、家族のプレッシャーに耐えかね、イライラが募っていた。そしてのこの結果。

結果が出た以上、タイムリミットを作られたところで、為す術はなかったのである。

「俺だって打つ手はない」そして、こう呟いた。

「香里の言う様に、もう全て終わるしか残ってないじゃないか……ハハハ」

颯太は、何もかもが嫌になった。

「子供は、とにかく香里が実家に戻って暮らせば、生きてはいけるし、俺だって、しばらく楽になれるし、少し楽になりたい。そうだよ。責められても、何をしても今の俺には……」颯太はうっすらと涙を流した。

颯太は、川の縁の小石を拾い、遠くへ投げた。ポチャン……。

「あいつも、どうしてるかな……」

美咲だ。あの時、香里と子供たちがどうしても気になり、「私と別れる覚悟で戻るなら行って」と告げられた中、その覚悟も半分残したまま、家族の元へ戻ったものの、やはり、心はうずき、気になった。

けれど、あれから四ケ月、何度か連絡は来たが、一度も連絡を取っていない。

今は、あいつは遠い。すぐに会える状況でもなかったし、そんな環境でもなかった。

「でも、もう会わない」颯太は、石を拾い、思いっ切り投げた。

ぽちゃん……。

颯太は、寝そべりながらビールを飲み干した。

そして、ついにタイムリミットの月末を迎えた。

颯太の心はすでにふん切りがついていた。

その心とは裏腹に、香里は彼が何とかしてくれるだろうと待った。

夜になり、颯太が香里に「話がある」と持ちかけた。

（いやいや、新たまって話って何？）香里はドキンとした。

香里は、濡れた手を拭き、ソファーへと座った。

「はい、何？」

深刻そうな顔に、相手の言いたい事が頭を横切った。

「もう、離婚して……」

覚悟はしていたが、問い質した。

「どういうおつもりで？」

「一旦全て建て直したい。自分自身も。悪いと思ってる。だけどとにかく実家に戻って子供たちと暮らして。お前の事、愛してないわけじゃない。愛してる。ただ今の俺には時間が欲しい。それに愛があれば枠なんて関係ないし、いらないでしょ」

「何それ？　フランススタイル？　そういうとこだけ」

ついに彼が離婚という言葉を口にした。

この数ケ月、もしかしたらと、よぎっていた言葉だった。

世の中、確かに離婚は溢れている、みんながそうだから、自分もその内の一人で、よくある話だ、と捉え、大した問題ではないという考えは大きな間違い。

相手は人生を、生活を懸け、結婚に挑んでいる。決してゲームではないし、子供がいれば尚更成長にまで影響を及ぼす。だから軽い考えで結婚や離婚なんて、やめて欲しいし、それ以前に結婚とは、家庭を持つとは、を理解し、結婚してほしい。

だが、もう自分の中に、かげりを感じていたからだろう。右往左往はしなかった。

それに今は妊婦でもなければ、一度、出てったものの、再び私の元へ戻ってはくれたからだ。

もう、それだけで充分というわけではないが、いたしかたなさも感じていた。

当然、子供も小さく心震える通達だった。だが、彼が死んだわけではない。まだ、子供の父親としては生存している。紙一枚とはいえ形が変わることは間違いないが、こんな形で無理矢理生活したところで、いい結果が来るとも感じない。

ああ、どっちに進んでも前が見えにくい。

ただ、相手の状況を考えれば、そうなのかもしれない。

彼の言葉は大きく運命の輪を回したのだった。

結局……二人は離婚した。

結婚して五年、私たちの舟は破綻したのだ。

香里と子供たちは一隻の舟に乗り換え、彼は一人でボートに移った。

だが、颯太は言った。

「離婚しても、心に入れた月の欠片は返さないから」と……。

「えっ、どういう意味？」

「そういう意味」

　何なのか？　欠片を彼が持ったままだと、私の月は満ちる事がなくなってしまうという事か。

　満ちる為には、彼のpieceが必要という事か？　それはさておき、様々な話し合いのもと、お互い建て直しをする方向へと向かった。

　ついに、以前抱いた、淋しく、心細い状態が現実のものとなった。

　愛も迷子になり、あの時は知らずに見えなかった未来の現実を今、目の当たりにしている。

　だが、結末でもあり、ここから、過去を抱えた状態からのSTARTでもある。

　新たなSTARTを、子供と二人で切らないといけない。

　これが、香里の次の運命の様だ。

　ゲームとは違い、今までの全てをリセットというわけにもいかないし、大変でも、リセットなどはしたくない。

　泣いてばかりもいられないし、とにかく、自分で生きていく方法を考えないと……。

　香里は母子という世界に初めて足を踏み入れた。

　結婚している時には感じなかった事も、いざ現実になると違う。

　頼りたくても支えがなく、子供の成長を夫婦で共に見守り、笑い合ったり、語り合ったりすることもできず、ないないづくしを感じた。

もちろん、親に話したり、頼ったりはあっても、夫に頼るのとはわけが違う。

夫をなくし、愛をなくくし、感じたのは虚しさだった。

この状態から生きていく気力を持ち上げるのは、周りの支えと、湧き上がる強い気持ちがないと、淋しさに耐えられない。

赤ちゃんの泣き声ですら、涙が流れそうだ。

母子は様々なハードルを乗り越えていかないといけないんだなと、実感した。

香里はとにかく実家に、この現実を伝え、交渉の末に、しばらく実家に置いてもらう事となった。

子供が小さすぎる為、働くに働けず、半年を条件にお願いをした。

当然親にも生活があり、おんぶにだっこというわけにはいかない。

半年、置いてもらえるだけでも、ありがたい話である。

香里は生きる道を模索した。

そして、数え切れない程の色々なパターンが浮かんだ。

だが、どれもパッとしなかったり、ハードルが高かったり、背負うものが大きかったり。ただ暗雲漂う母子より、明るい母子でありたい。

あらゆるパターンの中で、どの生き方を選択するのか。

選択によって、その後の人生の流れは、大きく変わっていくのは間違いない。

香里は小さい二人の子供を抱えながら、何を重視し、どう生きたらいいのか、真剣に考えた。

安易な考えでは、道を踏み外してしまうかもしれないし、子供がいるのに、それはまずい。慎重に考え、自分にとっての最善を検討した。

愛への葛藤

離婚して二ケ月。

以前住んでいたマンションも引き払い、実家に移転し、ようやく落ち着いて、子育てもできるようになっていた。

優香も生まれて六ケ月、丸みをおび、表情も増え、ハイハイも覚えた。

地球にも慣れ、兄ちゃんや、じーじ、ばーばとも、仲良くなった。

子供たちは、結構楽しく過ごしてる様だ。喜ばしい事だ。

香里はというと、夜泣きや、夜間中間おめざめで日々、睡眠不足がたたっていた。

「あーねむたい」昼はお世話で、「ねーママ、あそぼう、見て見て、ママー」と、大忙し。

そして五人分のご飯に洗濯、家の掃除。慌ただしい日々を過ごした。

だが、夕暮れ時はいつも決まって悲しみが襲った。

以前はもうじき夫が帰って来ると待っていた自分。

今は待つことさえも許されず、待った所で帰ってこない。

けれど、五年と繰り返ししていた事、すぐに忘れる事なんてできない。

香里は心が落ち着かない時は、家の近くの大きな木の下の根元に座り、気持ちを落ち着かせた。

正直、あんな事があり、今、こんな現実になっても愛する気持ちが止まらない。

どんなに忘れようとしても、子供の顔を見るたび、思い出さされてしまう。

昔だったら他の人や、みんなで楽しくやってるうちに忘れた。なんて事もできたのに。

けれど、彼は離れた事で楽になって、好きにやってるんだろうなと思うと、男は独身貴族で気楽でいいなと思う。

そして、そのうち愛って何だろうと疑問が湧く。人それぞれ、愛の定義は違うだろうけれど、愛もお金と同様、人によって姿、形を変えるのかなと思う。

何故なら、愛は深いものと思っているけれど、「愛してるよ」と言って、他の女に行けるのは、何故だろう。

ここでも固定観念。愛は一つと思ってること自体が間違いなんだろう。

香里の「愛してる」は一人だけに使うものだけれど、他人は違うのだという事を思わなかった。

それを言うなら、「運命の人」というのも勘違いしていた。

「運命の相手」は、一生涯に一人で、「ずっと一緒にいる人」と思っていた。

マンガの世界か、子供すぎる発想だったのか。

だが、今はそうは思わない。それに「運命の人」の定義を調べると、「自分の人生を劇的に変える人」とも書いてあった。

そう考えると「長い人生、一人とは限らない」という事だ。

そう思う方が、今の香里にとって、未来が明るい。

希望を持ち、考え方を変えると未来が開ける。

そう思えるのも、香里が以前より大人になった証拠だろう。

とはいえ、結婚か離婚、たかが紙一枚だが、されど紙一枚、こんなに状態が違うとは……。

生活全般もそうだが、心も分かり合えなくなる。離れるとはそういうことか。

プラスアルファ今は、愛さない努力もしないといけない。

愛するのは自然だったが、今は意識して止めるのに必死だ。

だがこうやって木の下に子供と一緒に座っていると、つい現状にひたってしまうが、このもの悲しさをこの大きな木が包んでくれている様だった。

「拓人、見て、お月様が出てきたね」

少し歩き、後ろを振り返ると、その大きな木の後ろにお月様がのぼっている。

「今日は、細い細い三日月だよ。星も出て空も澄んでて、かわいいお空になってるよ」

香里は促した。

「うん」

「きれい？　見て見て、輝いてるよ、お月様」

「きれーい」そう言って息子と二人、夜空を眺めた。

その宇宙の美しさが、一瞬心を虜《とりこ》にし、愛する気持ちを癒してくれた。

幸せになる為に

実家に帰り五ケ月が過ぎた。

この間は、親に甘えつつ、子育てをさせてもらえる日々だった。

その為、成長していく子供たちをじっくり見ながら、自分の子供達に対する考え方を見つめ直す、いい機会を与えられた。

振り返れば、結婚している間、どちらの方角を向いて子育てをしていたのかなと、自問自答する。

以前、出合った本を通じて、香里は自分が依存に陥っていたことを知り、「自分」を取り戻すべく格闘をした。

その結果、「本来の自分」を取り戻せたのか、やるべき事が見えてきた。

その際、子供達に対する考えが、母として及んでいなかった事に気づかされ、母としては、それではいけないと悟った。

独身の時の様に、愛だの恋だのに、うつつをぬかしてる場合ではない。

運命の王子に憧れた私は、今や遠い昔。

子供を産んだ以上、色々あったとしても彼らの笑顔を守れるようにちゃんと愛情を注ぎ、育てていきたいし、できる限り子供たちの太陽でありたい。

そう思うと以前は、いかに心が状況に振り回され、適当にやり過ごした日々があったことかと反省をした。

子供に対しては本来、やってあげたい事は別にして、やるべき事がたくさんある。どんな子供に育って欲しいのか、自分が何を教えたいのか、どうしたら伝えられるのか、などと思いをはせる。そして、箸の上げ下げの細かい事から、考え方、人に対する接し方、相手の心、やっていい事、悪い事、常識やマナーやルール、優しさ、強さ、謙虚さ、いい意味での図太さ、素直さ、前向き、自主性、気づかい、愛情、慈愛、平和、平等、正しさ、尊敬、信義、仁、責任感、自制心、笑い、楽しさ、知識、生き方……星の数程ある。

転ばないように傷つかないように、そして、段階に応じて、その子の様子を見て、生きていく為に必要な力を、目をかけ、手をかけ、時間をかけ、できる限り思いを込めて、心のある子に育てていくのが親の務め。思い通りに育つかは別として……。

子供には本来、様々な能力が備わっている。

それを、大人や社会が、その能力を良い方向に引き出し、育てれば、社会はきっと良くなっていくはず。

子供は未来の宝であり、宝は磨いてこそ、よりいっそう輝く。

もちろん、子供に教える以上、ある程度、親自身もそういう力を身につけておかないと、話は噛み合わなくなるんだけどね……。

とは言っても、子供というものは、いやいやもするし、何度言っても聞かなかったり勝手な事も、危ない事もする。

言う事の逆をやったり理解してない振りをしたり、嘘をついたり、ごまかしたり、楽しい方、楽な方へ逃げたり、いじわるをしたり、ダメという事をやったり……。

天《あま》の邪鬼《じゃく》が、同居しているような存在でもある。人間の本質だろう。だから何かと、思い通りにいかなくて、イライラもするし、あきれるし、こちらこそ逃げたくもなる。

時間も取られ、怒れたりする事もあるけれど、いかに彼らの負を削《そ》いで、丸くし、社会に対応できる存在にするのかは大事な務めだ。

ありのままはいいことでもあるが、天の邪鬼のままじゃ、いたいけないし、変化した方が、自身にも優しい風が流れる。

だから、親も先人として、できる限りを伝授してあげたい。

香里は離婚した事で、夫中心だった生活から離れ、子供にもっと目を向けないといけない事に気づけた事は、未来の為に大きな意味合いを持つだろうと確信した。

とにかく、香里はこれから舟出をする。

あと一週間後には、新たに決まった住宅に引っ越しをし、子供と三人で生活を始める。もう甘えてはいられない。

「自分のやれる範囲で、やれる事をやる」

これが香里の出した答えだった。

この半年間、生活の基盤を作る為、知恵を絞り、どう生きていこうか模索した。

役所に行き、受けられる手当の手続きをし、保育園や働き先を探した。

夫からの養育費も、大事な生活費の一部だ。

きっと波に乗るまでは、何かと慣れずに大変だろう。

だが、どんな状況でも生き抜いていかないといけない。子供を守る為には。

それに自分が強くならないと、笑顔なんて生まれない。

「ねばならない」としばるのはあまりよくない事だが、時に夢見チックで、大人になりきれてない今の香里には、必要なスパイスだった。


そしてついに時は流れ、舟出の日がやって来た。

果たして次はどんな人生になるのか、不安で暗雲立ち込めた気分になる。

だが、今の時点では分からないが、きっと、その四年、五年後には軌道ができ、何かを感じているだろう。

その時は、今の自分はいるのか。

颯太への愛はどのように変化しているのだろうか。

時の流れは人の心も変える。その時には、強く、明るく、元気な自分でありたい。何はともあれ、明るくニコニコと自分も楽しんでいる事が子供にとっての安心に繋がるのだから。

そう願って、お世話になった両親にお礼を言い、実家を後にした。

それからというもの、香里は、子育て、家事、仕事へと励んだ。

だが現実は厳しい。一人で子育てをしていれば、仕事と生活との両立ができない時もある。人間誰しも完璧ではないし、体調だって関係する。そして、精神的に難しい時もある。だから、時に親や周りにも迷惑をかけ、怒られ、時に様々な人々に助けてもらい、仕事と家事と育児と生活に奮闘した。だが、所詮、大人一馬力と二馬力では三倍以上違う。片足で歩いている様なものだった。それに加え、時々睡眠不足で鏡を見た時は、「あれ？　老けたんじゃないの？」なんて、落胆する時もたびたびあった。まだまだ老けたなんて言われたくないのに、そんな時は、女心がプルっと揺さぶられ、「まだまだ女を磨くぞー」と、拳を上げた。

そして、様々な浮き沈みを繰り返しながらも、日々は続いていった。

未来へ……

ある晴れた日の休日、香里は子供たちを連れて、河原へと出掛けた。

季節は五月、空は晴れ渡り、木々は新緑の葉をたくわえ、空気は暖かく、それでいて木の下に入るとさわやかに澄み渡っていた。

何とも気持ちの良い日である。

母と子、三人での暮らしにも慣れ、子供たちもずいぶんと成長した。

離婚して、三年、子供も、五歳と三歳になっていた。

彼らは小さいながらも、自分の中に楽しみを見つけ、様々な事に興味を示し、遊びにも、下手な縄とびですらも、一生懸命に取り組んだ。その何事にも精一杯取り組む姿には、思わず笑ってしまうし、涙が出そうにもなった。

香里自身はというと、時を重ね、考え方も少しずつ変わり、ずいぶん自信と明るさが戻ってきた。だが時折、隣の芝生が青く見え、他人と自分を比較する事もあったが、そんな時は友人が、

「表面だけでは自分の価値は決まらないよ。それに立場の違いはあれど、人間自体に上も下もない」そう言って励ましてくれた。

だから、自己否定や比較などはせず、時に受けとめ、時に受け流し、頑張っている自分を褒めてあげ、無理をせず溜めこまず、時に噴出し、自分の心を守りながら様々な局面を乗り越え、今あるものに感謝した。

そして、「独身の頃の自分を取り戻す」そのかいあってか、ようやく時を楽しめるようになった。

そして、子供たちは、今日も元気に走り回り「ママ、こっちこっち」と拓人が呼んだ。そこには辺り一面に、黄色の花々やたんぽぽの花が咲いていた。

「わー、黄色がいっぱいできれいだね」

香里は黄色が奥まで続くその様に、何故か、心が惹かれた。

「よく見ると、かわいい」香里はタンポポを見つめた。

黄色のcolorは、元気のビタミンなのか、私の心を明るく前向きにさせた。

「優香おいで」娘を呼び、小さな小花を耳の横へとかけてあげた。

「うん、かわいい」そういうと、娘はにっこりと笑って、タンポポの花を摘んだ。

そして、そこへ、「ママー」と言って拓人が黄色の花を束ね「これ、ママにあげる」と言って渡してくれた。

「ママに？　きれいだね。拓《たっ》くんありがとう」

香里は拓人の摘んだ、やけに折れ曲がったその花束を見て、思わず笑った。そして、この何気ない一時に柔らかく、温かな幸せを感じた。

柔らかく、温かな幸せ？

(思い起こせば、様々な記憶が蘇《よみがえ》る)

だが、あの時の運命の出逢いの選択に後悔はない。

あの時出逢った事、ときめき、愛せた事、子供が産まれた事、様々に感謝している。

嫌だった事、怒れた事もあったが、今はだいぶ水に流せた。

それは神様なのか、人なのか、偶然なのか、奇跡なのか、恨んだり、怒ったりしたところで、何もいい事は起こらないと気づかせてくれ、私に忘れるというプレゼントをくれていたから、様々な思いから解放され、安らぎが舞い降り、時と共に優しい気持ちが訪れたのだ。

時はまろやかに心を潤してくれる。

そして、結婚していた頃の事も、ずいぶん色あせた。昔の様な純粋な私もいないが、強くなり、多少大人になれた、彼の知らない新しい自分がいる。

未だに彼は、

「月の欠片は返さない」なんて言うが、もう、それは、それでいい。

運命の輪は別々の時を刻み、更に回り続けるのだから。

香里は昔と今を比較した。

必ずしも離婚は悪い事だけではない。

否応なく離婚になったが、香里は希望の光を見つけていた。

もちろん手からすり抜けたものもあるが、手元にあるものもたくさんある。無いものばかりに目を向けず、今あるものを大切にすれば見えるものがある。

そしていつか、この時があったからこそと、言える日がある事を信じ、願った。


香里はしばらくたんぽぽを眺め、笑顔を浮かべ、そして、白い綿帽子のまあるいタンポポを取り、「ふー」と空へと一気に吹き飛ばした。

そして、それと同時に小さな可能性が、空へと吹き飛んだ。

たんぽぽの種は、風に乗り、ふわふわと舞っていった。

きっと、その可能性たちは、いつか芽を出し、きれいな花を咲かせるだろう。

香里は、ぽっかりとあいた月の片隅を、いつか、咲き誇るタンポポで埋めつくし、黄色い、丸い、月になるように生きていこうと決意をした。

そして、彼の持っている月の欠片も可能性の一つ、どんなに時代が移り変わろうとも子供を守る親の気持ちは変わらないでほしい。

残りの綿帽子に想いを乗せて、「ふーーー」空へと飛ばした。

香里はにこやかに笑い、子供たちを見つめた。

拓人の手には、黄色いタンポポとダンゴ虫が握られていた。

「行こう」

香里は優香の手を握り、拓人との会話を弾ませ、心に希望を抱きながら、長く続く川辺を歩いていった。

この先の人生、まだまだ色々な事があるだろう。そして新たな出逢いだって起こるはずだ。だが、いつの時でも優しさと強さと明るさを持って、前に未来へと向かおうと思う。そう心に誓って……。

あとがき

このたびは、最後まで一読して頂きまして誠にありがとうございます。

皆様が生きている中で、共感して頂けるところ、思わず笑ってしまう箇所などはありましたでしょうか。

この作品は、香里の生きていく過程を辿りながら、揺れ動く女の心の内を描いてみました。

「女としては憧れる運命の出逢いと結婚。そして男性との新たな生活。様々な出来事に直面しながら思い悩み、考え方を切り替えて成長していく中で少しずつ新たな事に気づき大人になっていく……」

自身も子育てをしながら社会を生きていく中で感じた歪を抱えつつ、様々な方々に支えられながら、自身や子供の未来に思いを巡らせている中、この作品の完成に至りました。

伝えたかった事は、作品の中に散りばめられておりますが、少しでもどなたかのお役に立てられる事があったなら、嬉しいですし、最高かつ、幸いです。

長くなりましたが、その後、香里と颯太と美咲はどうなるのでしょうね。

私たちには見えない本の中の世界では、さらなる幸せな展開を繰り広げてるかもしれませんね。

そして田代美咲も田を心に代えて美しく咲いていて欲しいなと思います。

最後に、ここに辿りつくまであらゆる方々の「大丈夫だよ」という励ましやお力添えがあったからこそ、生きてこられ、プラスαの力が働き、この作品が完成したと思っております。

皆様本当にありがとうございます。

そして、本を手にし、ご購入して頂き、貴重なお時間をかけてお読み頂きましたこと、誠に感謝いたしております。ありがとうございました。

そして、この作品の為にお力を注いで下さいました文芸社の方々、携わって頂いた全ての方々に感謝申し上げます。ありがとうございました。

この物語はフィクションです。登場する人物・団体・名称等は、実在のものとは関係ありません。

著者プロフィール

ゆれきり 薫（ゆれきり かおる）

愛知県出身、在住。
以前は旅人。今は３人の子の母。
好きな言葉：奇跡、港

〝愛〟の道に咲くタンポポ

2017年11月15日　初版第１刷発行
2018年２月28日　初版第２刷発行

著　者　ゆれきり 薫
発行者　瓜谷 綱延
発行所　株式会社文芸社
〒160-0022　東京都新宿区新宿1－10－1
電話　03-5369-3060（代表）
03-5369-2299（販売）

印　刷　株式会社文芸社
製本所　株式会社本村

ISBN978-4-286-18786-0